Artefactos

Artefactos

Luis Felipe Rojas

Edición: Michael H. Miranda
© Logotipo de la editorial: Umberto Peña
© Imagen de cubierta: *Portrait of Madame Josette Gris* (1916), de Juan Gris

www.editorialcasavacia.com

casavacia16@gmail.com

Richmond, Virginia

Impreso en USA

Los cuentos siempre comienzan por una frase, una voz que escuchas en tu entorno. Mi madre, Luisa Rosabal, leía a Salgari para los trabajadores haitianos que vivían en la habitación contigua a la nuestra. Nos separaban una pared de madera y un techo de bagazo de caña. No nos separaba nada. No nos separa nada. Todas las historias son una transfusión de voces. Los cuentos siempre comienzan por una frase, una voz que escuchas en tu entorno.

mañana pudiera ser la cuarta vez que vengan por mí. anteayer se llevaron la pierna derecha. con los ojos no pudieron, el agua turbia que brotaba de las cuencas los hizo detenerse. cuando vengan por los brazos intentaré persuadirlos del olor que les aguarda en las axilas. hoy debo ingeniármelas, no vayan a advertir estas sanguinolencias. ¿de qué les serviría mi cuerpo amoratado por el pus? ya están por regresar y cuando cesen las torturas querrán escuchar mi confesión, pero los esputos verdirrojos los harán volverse a casa. va a romper el alba y con ella tendría sentido mi último reducto de esperanza. si no es hoy, no podrán hacerlo nunca. no pudieron llevarse mis palabras como no han de hacerlo con ese extraño animal y esa luz tan blanca que se posan de noche en la ventana de la celda. amanece.

pudiera ser la última vez que vengan por mi cuerpo.

Artefactos

Estaba sentada hacía media hora frente al tocador y no terminaba de desperezarse. Anotó dos números telefónicos en la agenda diaria y fue hasta el baño nuevamente. Sentada en el inodoro miró la blanca pared y descubrió un ojillo mágico que la miraba. Era una diminuta pieza de cristal convexo, de color oscuro, que la miraba y giraba sus luminancias hacia donde fuera el rostro de la muchacha. Terminó de orinar, secó los vellos y volvió a sentarse mirando con atención el ojillo recién descubierto. Era su mismo rostro en una miniatura asombrosamente definida. Lo primero que atinó a indagar fue cómo habían colocado allí ese dispositivo de escucha o visión, o los dos al mismo tiempo, al fin —dijo para sí—, como avanzan las tecnologías, pudieran estar transmitiéndolo en vivo, incluso para el mundo entero. Dos veces acercó el rostro al ojo mágico que le habían colocado dentro de su misma casa y en el lugar más íntimo que pudieron encontrar. Estiró las piernas, se repuso y se levantó, pero volvió a sentarse.

Alargó la mano y abrió la puerta aún desde esa posición. Primero se untó el dedo de saliva y lo repasó sobre el cristal pulido del artefacto. Después pasó la lengua directamente para ver el efecto que producía y el ojillo parpadeó varias veces hasta que estuvo listo nuevamente para recorrer el entorno al que tenía alcance. La mujer y el artefacto electrónico volvieron a mirarse y hubo un momento de expectación, de aceptación. Ella tiró la puerta y el ojo parpadeó en varias repeticiones. Afuera la mujer empujó sus pasos hacia la sala, hurgó en los interruptores, debajo de floreros, tapetes, ceniceros y lámparas. Cuando encontró tres artefactos más sólo los miró y los volvió a dejar en el lugar en que estaban.

Dos días después seguía buscando y ya tenía cuenta de que observaban su vida palmo a palmo sin que se escapara absolutamente nada. Desde entonces recibía las visitas en el zaguán, donde no había descubierto un solo aparato, pero desconfiada, dadas las circunstancias, tomaba dos talones de papel amarillo, uno para ella y otro para el interlocutor de turno y así transcurrían las conversaciones hasta el final. Cuando la visita se marchaba se deshacía de los papelillos echándolos por el tragante.

Dos semanas después de aquel método de contravigilancia, la oficina de Seguridad de su distrito le pasó una citación por debajo de la puerta, a la que no hizo caso, pero a la tercera advertencia de ir a parar a los tribunales por negarse a testificar, acudió. Ese día, cuando salió de la oficina sólo recordaba la reprimenda del funcionario vestido de civil que la interrogó por última vez. No quiso entrar a la casa hasta tarde en la noche cuando se deslizó en la cama sin hacer ruido ni encender luces. A la altura de la madrugada despertó resacada por tanta preocupación. Vio dos lucecillas rojas que penetraron por el alto ventanal para posarse debajo de una foto de campo que colgaba de la pared. Por unos segundos cerró los ojos, pero las lucecillas seguían más allá de sus pupilas o la fuerza con que apretaba sus párpados para no ver la nueva realidad. Las lucecillas permanecieron bastante visibles hasta entrada la mañana, cuando se fueron desvaneciendo como en una difuminación especial. Fue disparada hacia el baño, desplomó todo el orine que llevaba desde la noche anterior y cuando se fijó en el lugar donde había visto el artefacto por primera vez solo había una chispita de cemento a manera de repello, rematando un orificio en la pared. Se levantó sin secarse.

En dos horas de búsqueda infructuosa no pudo recordar incluso algunos ojitos que había visto el día del descubrimiento. Pensó en la mala alimentación, el sueño a medio hacer y las peleas con su amante de días atrás, pero era imposible negar lo evidente. En varios rincones de la casa quedaban pegoticos de cemento donde antes hubo un ojo mágico para ver, oír y seguir sus pasos dentro del recinto. Levantó el auricular, pero no había tono. Su móvil también tenía aviso de falta de cobertura.

Buscó un vaso de agua fresca, que bebió sorbo a sorbo hasta el final. Volvió a quedarse dormida. En el sueño el funcionario de civil la requería, el ojillo mágico del baño le hacía señales suplicándole atención. Dio vueltas mil veces en la cama hasta que despertó al atardecer, con la casa a oscuras otra vez, la ciudad alborotada todavía y dos lucecillas rojas rondando toda la pared hasta quedarse posadas debajo de la fotografía campestre. De los círculos rojos, el láser devolvía el rostro de la mujer en uno de ellos y en el otro una cifra de once números le recordaba su documento de identidad.

Afuera la ciudad lucía impasible.

Cuestión de perros

La violinista llegó temprano a sentarse en el banco que mira hacia 5ta. Avenida. A esa hora Central Park es bastante tranquilo. Enseguida llegó la abogada con su animalito pintoresco, era una *spaniel* blanca con las orejas negras. Se saludaron con un leve estrechón de manos. La perra olió los tenis gastados de la mujer que toca el violín.

Esperaron unos minutos y en la acera apareció la figura regordeta de la arquitecta.

—¿Trajiste los documentos? —preguntó a la abogada la dama que lucha porque le aprueben un proyecto de puentes en la zona del Alto Manhattan.

—Sí —respondió ella, orgullosa y segura.

El perro de la arquitecta fue directo a oler a la perra de la abogada. Los animales se miraron antes de olerse, se pasaron las lenguas por las narices frías y sudorosas. Dieron dos vueltas alrededor de cada uno hasta que la arquitecta dio un jalón fuerte de su perro. El perro tosió. Sacudió la cabeza, después movió con soltura el diminuto cuerpo acilindrado, hasta que por la sacudida terminó botando toda la energía por la cola.

La perra que llevaba la abogada lo miraba compasiva.

La violinista no había hablado ni una palabra.

La abogada sacó un fajo de papeles de su mochila. El primer pliego lo entregó a la arquitecta y el segundo lo atenazó con sus dedos flacos, sembrados de anilllos.

La arquitecta comenzó a revisar las hojas, los formularios, cajuela por cajuela. Las descripciones estaban hechas con una tinta azul pálido y pensó dónde habrían comprado un cartucho con aquel tono.

En el otro extremo del parque unas figuras se movían de manera más rápida que lo normal. Ese día era el último entrenamiento permitido bajo vigilancia y cuidado de la ciudad para los maratonistas que llegaban de todas partes del mundo. El domingo se correría la carrera más popular y dura del planeta.

La mujer músico sacó un cigarrillo para encenderlo, pero sólo llegó a ponerlo en sus labios. El perro de la arquitecta bufó, echó para atrás y su dueña se dio cuenta enseguida.

—No, por favor —dijo la jurista y le señaló la fosforera, a punto de explotar su chispa cerca de la breva—, no lo hagas.

La mujer no tuvo más remedio que volver la operación marcha atrás.

La perra que traía la abogada intentó acercarse al animal que tenía más cerca. Pero ambos dueños tiraron de las cintas al mismo tiempo, cronometrados por el protocolo que se habían inventado para la ocasión. Y dejaron todo en suspenso. El clima ya estaba un poco caldeado.

Por la esquina norte de Central Park empezaron a asomar unos diez atletas africanos. Un espectáculo. Iban a paso firme, alargado y lento, como animales que se exhiben en una pradera. La gente se paró de sus bancos y comenzó a fotografiarlos. Seguramente en ese grupo estarían algunos finalistas. Hacía muchos años que venían ganando los mejores lugares de la maratón del domingo.

El perro de la arquitecta metió el hocico en la yerba cuando se acercaron los atletas. La perra de la abogada se alebrestó y tiró fuerte hacia la acera por donde iban a pasar los africanos. Ella, la arquitecta, soltó la perilla de agarre de la cinta y el animal se puso en el mismo borde del contén. Una de las mujeres sudorosas y con el rostro negro y brillante se agachó para saludar a la perra. El animalito pegó dos brincos de alegría, la maratonista hizo unas señas de cerca, sin tocar las orejas negras del animalito. Se saludaron así: la corredora moviendo la mano como el aspa de un ventilador, la perra sacudiendo el rabo de alegría. Los demás atletas aminoraron la marcha y la mujer se incorporó y siguió con ellos. Cuando desaparecieron, el perro de la arquitecta levantó unas hojas secas que se habían caído en la yerba de Central Park. Se estrujó la nariz y estornudó. Los perros se miraron.

Las mujeres no habían hablado hacía varios minutos.

La arquitecta dijo que no. Ahora no puede ser, amiga. Revisa bien. En la hoja número tres hay un error en la dirección de nuestra vivienda. Revisa esto y luego hablamos otra vez.

—¿No los podemos aparear hoy? —preguntó un tanto molesta la abogada.

—No, lo siento, pero no desesperes —le contestó la mujer.

Los animales se miraron con compasión. Los tres. La perra de la abogada se distanció y se puso cerca del contén, quizás para cuando pasara otro grupo de atletas, los japoneses tal vez.

La abogada le arrebató el fajo de papeles a la arquitecta, que se sorprendió de la brusquedad.

—No se alteren, amigas —dijo la violinista, que contenía con estoicismo hasta ese momento las ganas de fumar. Tengan paciencia y comportémonos como personas civilizadas.

La abogada revisaba nerviosa, con un ligero temblor, la hoja donde le habían dicho del error.

—¿Ya ves? —dijo la arquitecta y señaló a la perra de su amiga. El animal había dejado una pequeña espiral de mierda, pequeña y prieta entre la hierba fina de Central Park.

Entonces la mujer regordeta metió la mano en

su bolsa y sacó un periódico, estrujó una hoja y envolvió la pelotica de excremento. La arquitecta hizo un mohín de disgusto. A lo mejor esperaba que sacara una bolsa de nylon, desechable.

—Son esas cosas, amiga—le dijo a la arquitecta.

Ella no respondió. La mujer que tensaba en las tardes las cuerdas de su instrumento sintió ganas de fumar, de manera incontrolable en esta ocasión.

Las dos mujeres que harían la transacción esa mañana se estrecharon las manos con un disgusto visible, se dieron un beso en cada mejilla, con desdén. Dos animales escarbaron la tierra con sus patas traseras al mismo tiempo. La perra miró hacia la acera de enfrente. El perro se acercó a las piernas azules del pantalón de su dueña y no se volvió para oler a su conocida.

Las dos figuras se separaron. Los perros se iban a extrañar. Cuando la arquitecta se acercó a la puerta de su edificio pensó en la vida mientras fumaba. Su perro tosió por el humo del cigarro. Habían pasado unos quince minutos de aquel encuentro. El perro fue hasta el jardín del vecino. Había unos tallos de rosa recién cortados y los olió con placer y curiosidad. Buscó no pincharse, y metió más la cabeza entre las ramas tumbadas.

Su dueña lo miró con agrado y asintió mientras aplastaba la colilla de la breva, firmada con el lápiz labial, y a medio fumar, contra el piso. Por la calle aparecían dos grupos de corredores asiáticos. ¿Serían los japoneses? ¿O los chinos? No sabía.

Los observó mientras corrían con calma por el borde de la calle.

Pensó en la perra y en la abogada. Era noviembre, la primera semana del mes, y Nueva York se prepara para recibir el invierno.

Virtual

para Isa, por el cine que sueña

El televisor ha parpadeado dos o tres veces y sin embargo las imágenes son más nítidas que al principio. Estoy viendo estas escenas y no lo quiero creer. Yo misma en la Televisión Nacional, en un programa de altísima demanda. El hombrecito de espejuelos está explicándoles a los telespectadores las iniciales del suceso. Se da vuelta y la cámara ensaya una *panorámica* digna de Jean Luc Godard en el documental de los Rollins. Ahora han hecho un corte preciso y certero, no sé cómo se las ingeniaron, pero estoy tendida como un animal muerto. El camarógrafo me acerca el foco y descubre los surcos de sangre reseca sobre el rostro. Tengo un ojo sanguinolento. Ahora describe todo el cuerpo, atrapándome entre la luz y el obturador de la cámara. El hecho de estar sentada en esta cómoda butaca no significa que no sufra alguna vez el horror de las imágenes. Mi rostro se queda en primer plano y me atrevo a identificar cada herida que va saliendo a través de la pantalla. Recuerdo ese cordón sobre la frente, me lo hicieron al tercer día de estar encerrada, le escupí la cara al más joven de los guardias. La cámara detiene el movimiento y una mano enfundada en un guante de goma color beige le da vuelta a mi cabeza. Es asombroso. Soy yo misma. Me reconozco por la forma de la trenza, al peinarme me la había dibujado sobre el cráneo. La mano enguantada separa los mechones de pelo y deja al descubierto las contusiones más visibles. La cámara sube despacio y el hombrecito tiene cara de consternación, se ajusta la corbata y da muestras de estar indignado *ante hechos tan repugnantes como estos*, dice. La pantalla da un flashazo y se queda en negro (por lo menos deben admitirlo), son unos sensacionalistas de mierda. El televisor empieza a iluminarse gradualmente para dar paso a un cartel. Sube desde el borde inferior, junto a él aparece la vocecita aflautada del reportero. Les está rogando a la ciudadanía que *no desesperen, la justicia hará su parte en un país civilizado como este, un hecho así no lo dejaríamos impune*, argumenta. El cuerpo de la joven lo dejaron a un lado de la carretera, en dirección a la playa norte. A su lado había una bolsa de cuero con fotos de alguien que debe ser el padre (no hay dudas que soy yo esa muchacha, es negra como yo, tiene la nariz chata y los ojos saltones), y un peine, un cepillo dental y un espejo pequeño. *En las próximas horas informaremos con nuevos detalles sobre este horrendo crimen*, es lo que dicen los créditos. El cartel se ha ido de cuadro para dar paso a la figura infame del que parece más un animador de programas sabatinos que un reportero de noticias, aunque en estos tiempos ambos poseen una desvergonzada semejanza. En un plano general los periodistas están cerca de los autos de patrulla. No se escuchan las voces, han puesto una música a rodar para indicar movimiento. El sector derecho de la carretera está poblado de figuras de uniforme. Un enjambre de gentes viene y va de un lado a otro llevando camillas sobre las que han puesto sábanas blancas o verdes, indistintamente. Otra vez aparece la cámara. Se mueve con astucia, se regodea en los hilillos de sangre que aparecen y se esfuman como si hubieran sido hechos con un atomizador. El cameraman se da gusto haciendo planos-detalle que hoy le darían la máxima calificación en la escuela donde aprendió Fotografía. Se acerca a la camilla y los espectadores, al igual que yo, deben estar imaginando el cuerpo que está debajo de esa sábana blanca. Otra vez la mano enguantada entra a cuadro (desde la derecha) y destapa a la víctima que soy en la Televisión Nacional. Tengo las trenzas medio deshechas y aquí es lo que yo digo de los detalles del camarógrafo, ahora sí el tipo más hijo de puta del mundo: ha pasado tan de prisa por las sanguinolencias del rostro, y es increíble cómo deja el foco sobre el collar que llevo. En realidad es un fragmento del collar, una sarta de piececitas de madera que me regalara una amiga años atrás y ahora llevo pegada al cuello. Los hombres, de dos en dos, van en fila camilla contra camilla, pero tienen que hacer la cola pues no todos van a subir a los camiones a la vez. Mientras esperan, el lente del artefacto digital se detiene en una de las amortajadas y una mano cualquiera (ahora entra por la izquierda) levanta la sábana verde y también soy yo. Describe el cuerpo, tropieza y se tambalea y un sonidista entra a cámara, pero el fotógrafo se ha repuesto y encuadra la escalerilla de uno de los camiones. Hace un corte directo y ya aparecen las botas subiendo. Otra vez con los grandísimos primeros planos: una bota, una mano que se aferra a la empuñadura de la camilla, el rostro de un policía con una marcialidad traída de no sé dónde, quizás de Marte o de un campo de entrenamiento nazi. Otra serie de planos enormes: mis labios resecos y cuarteados por el frío o el sol, el mentón carcomido por los bichos (con música de fondo), mis *jeans* estrallados en las entrepiernas y un número de planos relámpagos que me pierdo por mi escasa memoria fotográfica. La cámara va en movimiento hacia un camión donde hay varios cadáveres apelotonados en el piso. Hay otras muchachas con el rostro mío, todas llevan la misma ropa. A ver si me explico: todas ellas, reproducidas a imagen mía, tienen alguna diferencia. Esto lo descubro junto con la cámara: en una tengo la cara intacta, pero la blusa raída y un seno afuera, desguazado por una garra de cuatro o cinco surcos. La muchacha-yo que está al final, junto al banco del fondo, está sin piernas y con un brazo astillado de tal manera que no puedo soportarlo más. Apago el aparato y me voy al baño, descorro la cortina y la ducha descarga toda la presión sobre mi cabeza, cierro la llave y me echo la toalla encima.

Después de haberme tomado dos cervezas he decidido poner otra vez la televisión. La señora que habla es una genetista, dice el cartel que está debajo. Usa una andanada de términos para dirigirse a la reproducción indiscriminada de mi cuerpo y mi persona. Empezó hablando de los genes, la clonación y otras cosas, pero no le atiendo más… Por lo pronto dejaré el televisor encendido, así sólo tengo que levantar la cabeza cuando se acabe la conferencia, pero qué digo cuando se acabe si esto es un aquelarre y no lo entiende nadie. La misma cámara indiscreta (es la misma) está describiendo el Estudio, ha dejado a la Doctora en Genética y se vuelve sobre la figura del mismo reportero de hace un rato. Está mostrando un edificio y (señala de perfil hacia la entrada) nos invita a los televidentes a seguirlo. La policía da visos de una eficacia inusitada, pero no es hora de discutir estas cuestiones, al fin y al cabo son un mero pretexto argumental.

Subimos al tercer piso. Hay una muchacha derrumbada bocabajo, rodeada por dos policías y un médico. Todavía no me explico cómo pueden estar pasando esto por la televisión nacional. Si por lo menos fuera un sueño… Mejor me tomo otra cerveza y sigo en lo que están todos: la muchacha que estaba en la escalera, no está muerta. La tienden en una poltrona azul y apenas mueve los labios, pero se sabe que quiere decir algo, pero no funcionan las preguntas estúpidas del reportero, es un cotorrón de marca mayor. En esa charla pirofláutica las imágenes se detienen y dan paso a otro set al aire libre donde está el mismo locutor. Se ve muy agotado. La cámara se acerca. Es la locura mayor. El periodista está herido, viene manando sangre de los labios y los guardias huyen en direcciones diferentes. El fotógrafo hace girar su equipo ciento ochenta grados y mi asombro no da más, las muchachas de los camiones se han puesto de pie y se alejan tomando el rumbo de la manigua. Una de ellas regresa y posa frente a la cámara, habla, pero no la escuchamos. Noto la sacudida al equipo, seguramente le ha dado un golpe para restablecerle la salida de audio. En esta operación ella (yo) se marcha. En la transmisión hay un corte y el pase es al panel, pero también estoy hablando, me detesto así. Hay dos panelistas amarrados a una silla, como lo hicieron conmigo, y las muchachas conversan diáfanamente, sin percatarse del *cameraman* y el equipo de filmación. La luz del Estudio parpadea hasta perderse definitivamente.

El próximo corte es hacia el descampado donde estaba el reportero que está guiando el caso. Con morbo y todo una se enamora de ciertas imágenes, la que sigue es un ejemplo claro. En la parte superior de la pantalla han enmarcado unos pequeños recuadros donde aparecen niños con uniformes escolares. Protestan por lo sucedido. No sabré explicarme bien, pero le veo su parte de candor, y eso no tiene discusión. Los niños se desvanecen una y otra vez y aparecen en pantalla hasta perderse en un sepia como en los documentales alemanes de los años cincuenta. En el Estudio los panelistas continúan amarrados y las modelos comienzan a desvestirlos, para demostrar que la fiesta del cuerpo no es exclusiva de los seguidores de Sade, lo hacen contoneando las nalgas hacia la cámara. Es raro, el *cameraman* se queda así, sin pretensiones de apuntar con un plano distinto al de las Baby's, canilludas y tetonas. No me preocupa tanto, seguro lo va a enmendar en los planos subsiguientes. Así mismo es, ahora repasa las paredes del local donde (colmo y pasmo) están los cuadros que colgaban en mi casa. Entre una cosa y otra compruebo el interés del reportero y su equipo técnico, algo con tinte rayano en la persecución. Las muchachas del Estudio han desaparecido como los demás personajes del reportaje. Los camilleros, los policías, las personas comunes y corrientes que han husmeado ante un hecho como el que les narro. En fotogramas fijos que vienen y van de un lado al otro y de menor a mayor, del centro del televisor a mis pupilas, ha pasado toda esa gente que en un momento fue el centro del reportaje y me han dejado sola. Ahora aparecen los planos cortos otra vez: mis tarecos, mi secador de pelo, las ropas tiradas sobre los trípodes que no quisieron utilizar, también mis libros, cuadros, ropas de cama, en fin, mi casa en el Estudio. Es para tirarse de los pelos. El *cameraman* hace un pase al lunetario interior: unas cincuenta personas dispuestas para servirse del espectáculo. Por ello decido apagar el maldito aparato, pero el mando a distancia no funciona e intento dejarlo sin baterías, mas no puedo ponerme en pie. Dos manazas me lo impiden. Estoy clavada en la poltrona. No puedo mirar a los lados y describir quiénes están metidos en mi habitación. Sólo sé que estamos todos de vuelta en el Estudio.

El cameraman enfoca hacia mí y, a pesar de identificar el salón de grabaciones, siento que también estoy en mi casa. Los planos medios que está ensayando apuntan a los guardas que antes llevaron a las muchachas-yo desde el lugar de la matanza hasta los camiones, con la diferencia que ahora entran en la casa, revisan cuanto hay y lo echan abajo: en los cuartos, la terraza, el baño. En este punto del reportaje el público ríe hasta desternillarse, al *cameraman* le dio por enfocar una tendedera donde están mis blúmers deshilachados. Lo hace plano a plano, como por magia de edición, como lo hace con el rostro de cada uno de los policías. Los ha hecho desfilar delante de su artefacto digital. Así pasa a otros planos donde identifica a las manos que me sostienen y me trasladan *a un lugar que te va a gustar muchísimo*, me dicen en tanto doy las rabietas que puedo antes que me levanten en peso. Lo veo en la pantalla, igual a las caras del lunetario, como si hubieran venido a un circo o una feria. Forcejeo bastante hasta sentir la voz de:

¡ACCIÓN! detrás de mí y me hundo en la poltrona azul de la muchacha-yo. Me hundo. Cierro los ojos. Ya no soporto más esas luces sobre mí y la cámara otra vez, haciendo cuanto quiere con mi cara de estropajo.

...si no es hoy, no podrán hacerlo nunca. pudiera ser la última vez que vengan por mi cuerpo.

Jazzmanecer o devuélveme la perla

No quise pensar más en Ptalmos y decidí escribir lo que allí sucedió. Mi nombre es Omar y no sé mentir, pero miento. No sé soñar, pero he soñado. Una ciudad no es un rincón oscuro para empotrar caprichosamente los avatares de lo cotidiano. Ahora Ptalmos descansa en mi recuerdo como una hija abandonada, pero latente y plena de paciencia. Lleno de las fijaciones externas que pude arrancar a la panza de la ciudad, huí. Lo más memorable de allá es el viento, ese suspiro que Dios se guarda para aliviar el rostro de los hombres. Bajas a beber el aroma de las calles y Ptalmos te regala el olor a fritas, a huellas frescas, a lluvia de agosto.

Ese día bajé desde Los Pintores, la plaza vieja de la ciudad. Evitaba los puestos de frituras, champolas, batidos y toda suerte de comestibles: de muchos días atrás no me sonaba un céntimo encima. Cuando llegué a la tienda de los chinos, ya el día me regalaba su aire de extrañeza. Siempre pasaba sin mirar, pero esa mañana me detuve y alcé la vista al frontón corredizo que en su altura mayor llevaba incrustada una talla en piedra del milenario país de Tseng Heig. Eran dos amantes en posición erótica, sentados uno frente al otro, las piernas entrecruzadas para cerrarlas por detrás de los glúteos del otro, se sujetaban por la cintura y se diluían los rostros en un beso profundo, lascivo, de piedra. Quienes hicieron tal obra (especialmente para gentes como nosotros) tradujeron los enrevesados ideogramas en nuestra lengua. Sobre el friso decía: *mi corazón es simple y dividirse no puede, y atado está a una sola esperanza, oh, tú, que puedes ser la luna.*

Hasta hoy esta imagen me fue inconfesable y en el decursar del tiempo noté que no debí guardarla. Me descalcé las sandalias y comencé a operar el entorno. Sólo la algarabía de los niños hacía por romper lo cotidiano, esa manzana de la discordia para zanjar los hechos en los seres vivientes. Los niños coreaban a Melchor, ex-carpintero y demente al que todos llamaban El Papa. Ambulante, pero con rumbo propio, anuncia sus profecías y discursos allá por la zona norte, donde la gente ya lo tiene por familia. No como aquí, que los chicos le insultan, aunque sea sólo para buscarle la lengua. Recorrí la tienda-almacén y me dejé abordar por ella: pelo ondeado y senos repletos de pulpa joven. A su pregunta respondí que en la planta alta, señalándole la venduta de Gomelio, el asturiano. Le ayudé a seleccionar los hilos y cuando escogió el verde claro y rojo mate, nos fuimos. Como me fui pegando a ella mientras bajábamos despaciosamente, sentí su grajo dulce, perfumado y matinal. Ya con su nombre en mis oídos y la charla de los hilos comprados, casi fuera de la tiendecita, me dejé llevar por el gentío y en lo que dudaba si la invitaba a mi apretada habitación, le dije: vamos.

El dónde se lo devolví en Fuentetaja 56, Altos. Abrí y entró detrás de mí con los zapatos en la mano. Corrí las cortinas que dan a la calle. Puse una música alegre y cuando descorchamos las dos primeras botellas de vino peleón, rancio, del que me vende Raquel a fin de mes, reíamos por todo y por nada. El vino le ablandó los sesos... y la lengua, currutá, currutá, periquito real. Una verdadera perica. Me contaba su vida, anterior a todo lo anterior, pero luego del quinto vaso sólo me hablaba de su madrecita, la de Guatemala, me dijo y redijo que la pobre, no tuvo suerte con ese tipo, que le dio por la poesía, la política y la ginebra con hielo… casi siempre lo mezclaba todo, pero desde el exilio, siempre. Una noche la citó para el viejo mirador del pueblo. Lo que más pesaba en toda la historia era que el tipo tenía una labia del carajo, traía locas a las mujeres y daba discursos en los liceos. Y eso, decía, que andaba siempre con el mismo trajecito negro.

Le serví otra copa y la rebosó con un cubo de hielo. El vino se fue haciendo más turbio. Me dejé llevar por la amnesia y no la interrumpí en toda la noche. Escuché sorbo a sorbo las historias. Su abuelo, que vino a Ptalmos huyendo del fisco, reunía en su casa un reducido círculo de amigos. Ella escuchó varias veces hablar de una milenaria secta que por motivos de discreción y seguridad le llamaban sólo así, La Secta. Habían cruzado el océano perseguidos por la civilización, mejor dicho, por las leyes entonces vigentes en sus países. Tenían de antaño una jerarquía que los hacía distinguir no por edad, sino por las protuberancias en la parte superior del prepucio. Me explicó. Los hombres perlados o simplemente los perlados, se hacían colocar una perla, diminuta pieza de ébano pulida a mano y con un paño alternativamente. Esta pieza no podía sobrepasar la media pulgada de largo. Como la mayoría de las órdenes sectarias, ser un perlado suponía un rito de iniciación. Desde muy jóvenes a los elegidos los hacían caminar muchas millas por las márgenes del río. Así, mientras se les ofrecían los secretos y pormenores de la secta, aprendían a distinguir el ébano de abril al ébano real que nace en marzo, el que se debe utilizar. Un aspirante debía aprender a tallar una perla agradable, vistosa, bruñida, perfecta, aunque no fuera para él. Para obtener satisfactorio en la sesión de los hacedores era necesario confeccionar por lo menos cinco o seis perlas, proceso que demoraba como mínimo tres años.

Cuando le suspendí el vino y comencé a suministrarle el alcohol seco, sin hielo, ya me hablaba de su madre, la de Dominicana. Como me interesaba más el asunto de los perlados, empiné el vaso hacia mí. Pude tantear en la penumbra y conecté mi viejo ponediscos, mi revientadiscos ruso y destartalado. Puse una placa de las más viejas, la aguja chasqueó dos o tres veces, adiviné los míticos *scratchs* y se dejó escuchar sin mucha dificultad. Yo me sabía las canciones. Cerré los ojos y entre sorbos supo de mi interés por el tema. Recomenzó entonces, más alentada: los perlados son dueños de una imagen que intenta propasar el infinito, nadie sabe si lo han logrado. Ser un perlado es desafiar el ideal perfecto. Es ir más allá de las preguntas. Al incorporar un perlado a la vida, o un hombre a los perlados, se revierte en noticia para ese cosmos que lo engendró y ahora lo contempla, recombinado, esperanzado por su ascensión y muerte. Las mejores perlas, las más cotizadas, me dijo, se pulen con un paño de lino empapado de agua de jazmines por nueve noches, se deja luego al sol tres días cubierto con hojas de álamo. Así se recoge el aceite de jazmín sobrante. Cuando se tiene la perla reducida al tamaño de un dedo pulgar, se comienza la etapa de frotación manual, siempre con el dedo índice contra la palma de la mano. Si en dos días exactos se logra el brillo requerido, se pasa a la fase de paño. Esta dura meses, a veces (en dependencia del poder adquisitivo de quien vaya a comprarla) hasta dos años. Terminar una perla es darle fin al larguísimo poema de la noche, amanecer al lado de la virgen desflorada que antes rogó ver nuestra cabeza donde van los pies. A veces el ébano se resiste a los cortes transversales debido a las volutas, y tú piensas, no es mi perla, no soy su héroe, pero quizás dos o tres horas más tarde vencen tus manos aquel otrora truco de ébano indómito. Vences y contigo vence el futuro perlado que ahora goza de su máximo atuendo. Si existe un perlado o un aspirante a serlo, existe un año antes una perla en el depósito central.

Ahí mismo, bajando la primera colina pelada por donde llegas a Ptalmos, después de los riscos que hacen una cruz al lado del álamo, a la izquierda hay un sendero lleno de zarzas por donde se va al riachuelo que solo se humedece en mayo. Una milla a la derecha y te sorprende un peñasco que semeja un clítoris en medio del sediento río. A la izquierda del peñasco comienzas a subir una escalonada vía de madera y piedra incrustada en el borde mismo del riachuelo. Al subir la cuesta, ves la casona custodiada por dos o tres Gimels. Son los hombres que se han preparado fuera de Ptalmos durante cinco años para custodiar la nave de la fortuna, el baúl sagrado, el depósito central, el remanso donde aguardan en reposo continuo y absoluto las perlas más acabadas y perfectas.

Cuando intentó saltar como un simio festinado, de la historia perlada a los cuentos donde hablaba de su otra madre, de origen difuso e increíble, sentí una pitada larga como un sonido largo, una larga pitada como la de un pesquero que deja puerto. Quise abrir los ojos y una luz brillosa en sus tonos amarillos me hizo pestañar con dificultad. No sé si fueron los tragos o el disparate de las historias, pero juro, que vi a Coltrane. Vi entrar a John Coltrane por el vano de mi puerta. Lo vi altivo, detrás de su saxo de oro fulminante. Coltrane, que venía después de tantos ruegos en las madrugadas de alcohol y yerbas prohibidas. Coltrane embistiendo las paredes con la melodía más agresiva de sus agudos. El saxo, Coltrane y la maldita historia de una mujer que se murió de frío, o de amor, vaya Dios a saber cómo. Empujé otras dos copas más, para ella y para mí, y no vi más el fantasma de John Coltrane ni a la de Guatemala, mi niña a la entrada de la viña. No vi más a la mujer que había entrado a mi cuarto a enrevesarme la vida con historias dispares.

Ser de Ptalmos, me contó, es ataviarse con una difusa memoria. Ser de Ptalmos no es una obligación, es una manera de Ser, ineludible.

Por eso no quise regresar a Ptalmos, lo que imaginé ya era, mucho antes de mi intento por aprehenderlo. Lo que soy, es luego de saber que la Secta se propaga bajo otros cielos y aquí estuvo su vórtice. Por varios años me hizo suponerme un excluido. ¿O un excluible? Como toda ciudad, Ptalmos tiene sus secretos para el buscador de aventuras, para el furtivo visitante que la piensa lejos, desde una fotografía de viajes. ¿Para qué –indagaba yo mismo– necesitan estos hombres alterar su miembro viril incrustándose objetos extraños en la piel del prepucio? Solo Ptalmos me iba a responder. Solamente observando esa aparente parsimonia conque la noche cae sobre los techos, y esa música conque el viento cubre las gentes y los parques me habrían de responder.

Fue insólito, era la primera ocasión en que yo no pasaba del segundo guajeo de saxo de mi Coltrane más querido. En el sueño la vi haciendo corro junto al abuelo y disipé mi interrogante sobre los hilos comprados: el verde claro era para amarrar las pequeñas bolsitas de nylon en que enviaban las perlas hacia el santuario custodiado por los Gimels. Eran las perlas acabadas y que fueran evaluadas por el grupo de ancianos. Su abuelo blandía un bastón fino con incrustaciones de bronce pulido que simulaba el oro. ¿Esto lo vi? ¿Lo soñé? No sé... Sentí un hormigueo horrible en el brazo derecho, acalambrado e inútil, intenté levantarlo sin resultado alguno. Me fui despertando poco a poco... Una asquerosa, brutal y feliz borrachera, de las que no pescaba hacía mucho. Lo nunca visto: llevarse una puta de los portales del viejo Andrés, el sitio más caro de la ciudad, engatusarla con promesas de dinero a jamás cumplir, meterla en ese antro que es mi casa, donde solo nos atrevemos un grupo de locos a quemar la yerba que aparece, y caerse dormidos con dos litros de vino casero en las tripas. Era de arrancarse los pelos. A alguien escuché decir que donde quiera cuecen habas, pero hay lugares donde solamente cuecen habas. Mierda, me dije dos o tres veces, mientras vomitaba los restos de tortilla con vino en el lavamanos que ya se tupía con los trozos de cebolla que se arremolinaban en su lucha por entrar a la boca del tragante. Mierda, mierda... Me iba diciendo yo mismo...

Hallarla recostada a los almohadones con los ojos llenos de luz y pidiéndome agua, fue despertarme los instintos, el recóndito sentimiento de asco y culpa de horas antes. Sentí los gallos y los carros de leche y pan que salen al amanecer. Oí ladrar los perros y pensé en Rulfo. Suspiré por Ptalmos. Los perlados la deambulan siendo el deseo inconfesable de las mujeres más fogosas o frígidas: todas las mujeres que en Ptalmos saben de ello ansían un perlado. Ahora lo comprendo, ella me creyó un perlado y quiso pasarla como la Secta lo sugiere: atravesada en toda su concavidad. Sintiendo el engranaje de las perlas estriándole la vida desde la vulva al clítoris, por eso tomó la compra de los hilos como un argumento. Ahora sé que el rojo mate lo compró para aprisionarme el pene y extraerme el semen. La presión con que éste sale al exterior hace que los espermatozoides alcancen la velocidad requerida para ser catalogados de "pruebas". Son los escogidos para los más diversos experimentos.

Crucé mis brazos por debajo de sus axilas olorosas a sudor y vino, y la suspendí en el aire. El aire de mujer y el vino comenzaron a golpearme. Le invadí la gruta húmeda y pegajosa y le hallé los otros ojos, la otra risa, el otro rostro, la mujer de mis otros deseos. Le humedecí los labios y la lengua ya resecos. Cerró los ojos achinados por el mal vino. Deliraba. De reseda y de jazmín. Deliraba. La enterramos en una caja de seda. Deliraba. ¿De seda?, le pregunté mientras contorsionaba su cuerpo de puro placer. Pensé que se refería al paño marrón que sirve de cubrepolvos a mi viejo revientadiscos y le dije: sí, en una caja de seda. Pero deliraba y dudo que me escuchara. Extendí la mano y puse la aguja en el segundo surco que titula "Love", ya tan gastada por el tren de noches entre amigos que al gastar las últimas brevas y alcohol, pedían otra vez el "Love" que salía de mi placa negra. El disco comenzó rayando un poco y en la primera pitada larga de Coltrane se dejó abordar. La música la puso debajo de mí hasta que el *drums* del Mago la hizo regresar de su fiesta de semen y saliva. Volvió pero sólo en la brevedad de un mimo. Otra vez Coltrane, el John Coltrane que me habían regalado, lanzaba la diabólica embestida cada vez más lejos. Deliraba. Deliraba con los indefinibles repunteos de aquel tenor y el asomo del clarinete que El Brujo metía en los surcos del viejísimo acetato. Quise extenderla dentro de aquel infierno de calor y melodía en que se convirtió mi habitación, asirla a mí, estirarla como una trompeta estirada, a horcajadas sobre (y frente a) mí. Apoyó sus palmas sobre las mías y se hizo ella misma la danza que bailaba. De medio giro la tuve en tijeretas y dejé que refrescara frente al ventilador. Entonces supe que miraba ventana afuera, mundo afuera. La única seguridad era que la sujetaba por las piernas y me hacía saber que estaba en mí como un navío, abandonada, anclada desde el tronco a la garganta y sus manos se asían de mis piernas y me decía Oh mar, Oh Omar y me pedía más y más, coño, no sé si a mí o a Coltrane que hundía su tenor en mi casa y la embarraba de aquel almíbar mitad saxo y mitad mujer, y nos confundía al punto de sentirnos extraños. Estábamos acurrucados y felices como inocentes o como niños o como tontos.

Ella se hizo a un lado y la aguja chasqueaba lenta y quejosa sobre la superficie vacía del disco cuando ya clareaba un poco. Le extendí el vino a mitad de copa y el primer trago le devolvió a Ptalmos y la Secta, al corro en que su abuelo blandía aquel bastón... Me miró con ganas de fulminarme. Accedí a que contara más. Según ella, la perlación tenía un grado límite de tres y solo era conferida a los elegidos por los ancianos. Aquí también Ellos decidían. Ser un perlado triple aseguraba un indescriptible placer en las mujeres. Les producía una sensación de abrasamiento y abrazamiento. En la penetración sienten el rozamiento estriado dada la forma en que se colocan sobre el miembro. Entre perla y perla hay una exacta distancia de una pulgada. Ellos, los perlados, la poseían sensorialmente desde ese deseo femenino de plegarse a la imagen de la perlación. Cuando conocí que esta era también una cuestión de ubicuidad, me sentí más confuso aún. Las mujeres, aunque menos propensas a integrar la secta, habían logrado hacía tiempo acercarse al rito de iniciación: el mismo procedimiento, pero apoyándose en sus concavidades, es decir, una desfloración hacia adentro. "La gracia" consistía en apresar el miembro masculino entre el engranaje de la vulva. En el interior de los labios mayores se colocan las perlas, dos en cada uno con la misma técnica que para los hombres: punzación de la piel a través del carrete cónico y hueco en los tejidos más finos. La manera de colocarlas varía según el grosor de los labios, si chicos, horizontales, y si grandes, verticalmente. Aquí los labios normales o término medio, degustan el poder (placer) de la elección pura.

Apreté un obturador azul y resurgió Coltrane, un jazz limpio que solo hace mi John Coltrane de Polydor, la miré, intenté variar el tema para con más calma apropiarme de él, le pregunté por Agar, la mora loca que majó y tiró al mar la perla. Aunque contrariada, se animó a contarme. Inicialmente decepcionada, intentó ser sincera en su frustración porque yo no fuera un perlado. Luego me habló de Agar, la mora loca y su cantaleta: Oh mar, Oh mar, devuélveme la perla, pero en unos segundos Coltrane volvía a blandir la erección de su saxo y demoraba la aparición de las primeras luces de la mañana. El aire era fresco y dulzón y había muchos gallos y pensé en Ptalmos y no he vuelto. Oí ladrar los perros y pensé en Rulfo y lo breve de mi historia. Asomé los ojos y vi a Ptalmos, afuera, entre los carros de leche y pan, en el humo de ciudad y gente.

en un oscuro apartamento del reparto Flores, mi negra piensa, como si fuera Scheherezada, mañana pudiera ser la cuarta vez que vengan por mí... mañana pudiera ser la cuarta vez que vengan por mí. anteayer se llevaron la pierna derecha. con los ojos no pudieron, el agua turbia que brotaba de las cuencas los hizo detenerse. cuando vengan por los brazos intentaré persuadirlos del olor que les aguarda en las axilas. hoy debo ingeniármelas, no vaya a advertir estas sanguinolencias. ¿de qué les serviría mi cuerpo amoratado por el pus? ¿en qué lugar estarán todos? ¿por qué razón no puedo recordar las nanas que me cantaba mi abuela? allá dentro (¿o allá fuera?) se está cayendo el mundo. no me explico por qué vamos en dos bandos, y unos ven la luz y otros no. hay cosas difíciles de explicar, como esos pasos que retumban al anochecer, esas armas que parecen conseguirlo todo. hasta hace poco soportaba la risa de todos ellos, la música alta y el olor de las bebidas. siempre que amanece tengo la esperanza de verle el rostro a ese maniático. cuando me estruja sus manos regordetas y llenas de callos por la cara, quisiera... cuando están por entrar los otros, me colocan los protectores auditivos, entonces los veo detrás de sus capuchas verdes y casi comienzo a temblar. ellos no advierten mi temor hasta que el orine comienza a chorrearme entre las piernas y se me moja el pantalón o por el fondo de la silla. me pregunto cuánto tiempo llevo aquí. ¿unos días? ¿un mes acaso? eso ya no tiene solución, la desmemoria es otra de las torturas que les ha funcionado para mí...

Domingo, diez pe eme

para Yanelis Torres Angulo, su cuento

La negra gorda de la cafetería, apestosa y todo, no es como la negra gorda del primer radioteatro semanal. Siempre se le ven los tirantes de los ajustadores caseros, pespunteados con hilos de colores diversos, pero no es la negra gorda del capítulo que ponen hoy.

A veces los días son como venidos del abanico de Dios y hay otras en que sopla el mismo diablo. Ahora el viento pega manotazos en el rostro liso del negro chapistero. Más que de ébano parece hecho de la grasa quemada de los carros que repara: apesta tanto como la gorda camarera del bulevar. Es una sombra encorvada, parece una mancha en la oscuridad del portal. Lía un cigarro, una breva envuelta en papel craft. Lo remoja por las puntas, se lo pasa de una mano a otra en forma de rodillo, después por la nariz y asiente en señal de aprobación: esto sí es un buen cigarro. Así debe decir el negro de la cara tiznada. Así dice y se sienta bajo la frondosa mata de ficus, frente a la mugrienta cafetería.

Desde la cafetería, la gorda adivina la lucecita roja de la breva del mastodonte de zapatos rotos. Con una mano en alto le saluda, mientras sujeta con la otra la bandeja con bocaditos de pasta de embutido que los comensales devoran desesperados. La gorda reparte el agua turbia de los vasos como si fuera jugo de naranja. Tiene las típicas piernas de boliche y aunque camina empujando la pelvis hacia delante, es bastante ágil como para despojarse en unos minutos de todos sus clientes.

Bajo la fronda, el negro cierra los ojos un instante y deja pasar el ómnibus y la nube polvorienta. Como un prisionero, tiene las manos detrás, protegiendo la breva de la cual escapa un humillo azul, inadvertido ahora para la gorda. El chapistero se pone de cuclillas. Con las dos manos protege el cigarro con intenciones diferentes. Una para que no se apague y otra con tal que no lo vean la gorda y los paseantes. Lo esconde hasta casi quemarse la cuenca de las manos y que no vean la luz y sientan el tufillo a prohibido en el ambiente. Casi exacta y milimétricamente, como en un cuento de Maupassant, la mujer de las piernas de boliche cruza la calle a tropezones y ya está encima del negro. Comemierda, dice. El estruendo de la risa, la saliva y el aire de la boca casi apagan el cigarro. El negro, atónito, se deja arrebatar la breva, y la gorda lo rebaja en dos chupadas largas. Dame acá, le dice él. Ella lo esquiva. Forcejean. El chapistero se le encima y la siente resollar ácido, mal oliente a fritas y embutidos. Se juntan cara a cara. Se cruzan las lenguas por labios y barbillas. Disfrutan el sabor y el olor a marihuana como si fuera nicotina. Se estrujan las caras en un beso, como si fuera un bolero.

Fuera del bolero y en un apartamento del reparto Flores le dice el negro fino a la página en blanco y yo también, qué hago. Qué puedo hacer. Ahora la noche es alta y se hace el buen silencio de los carros y las gentes. Al hombre le va a explotar la cabeza. Esta mierda se va a joder, dice. El negro fino ya no sabe qué hacer con la historia a contar, con la historia a entregar en la redacción de la radioemisora. Su muchacha –por elección propia– es una negrita fina y le encanta la música romántica que él mismo pone en otro programa nocturno. Por ese programa se conocieron una vez. Ella lo escuchó y se puso bobita todas las noches a esperar la Selección. A partir de entonces no fueron sino para ella, todas las canciones y los versos (cursi y todo). El negro fino de la chaqueta de periodista, el empecinado melómano jazzista, continúa hoy en día intercalando historias y versos con una música cada vez menos ñoña, menos cursi, pero también más dulce. Cada vez, más dulce. Sus temas son también más ríspidos y un poco turbios. Eureka. Turbio. Esa fue la palabra que usara el rinoceronte de los espejuelos verdosos. Esa música turbia, y cada vez estamos perdiendo más oyentes. Ajústese, querido. Cuando dice querido, el negro sostiene la respiración en aras de evitar lo peor, le asquea este gordo que una vez se le tiró y por no aceptar fue a dar a los mil demonios, menos seguir trabajando en la emisora. Se jodió la cosa, para que aprenda a respetar y no esté levantando calumnias, ni como esa, ni de ningún tipo sobre su superior, un hombre intachable, carajo.

Después de esta música turbia, que es la cháchara del jefe de redacción, el negrito fino casi se machaca los sesos en la maraña de la historia dominical, el radioteatro donde hay una mujer sentada en la taza sanitaria, instante en que alguien empuja la puerta del baño y ella casi iba a estrujarse el papel entre las nalgas. Al ver al enmascarado con la pistola en la mano, suelta el papel, pero evacua todo el excremento que le quedaba en el interior. No me mates, le dice cuando lo ve apuntándole a la cara. Así no me mates, déjame vestirme, sólo un momento, me visto y ya. La gorda le ha dicho esto y al asaltante le basta para retroceder dos pasos en tanto ella se sube el blúmer y el short al mismo tiempo, sin percatarse del papel, limpio, abandonado en el piso. La está conminando a estarse tranquila, pero desde ese ángulo ella puede advertir a los otros dos: penetran por la puerta trasera de la casa, cargan con todo objeto de valor que descubren, los introducen en dos bolsas de nylon, llevándoselos a la espalda. Son dos dentro de la casa, sin capuchas. A rostro descubierto cargan con algo de la vajilla y meten las manos en los contenedores plásticos, separando cuchillos y cucharas, separando la plata del acero-níquel, acto en el que aciertan con bastante precisión. Entonces la gorda comprueba lo bien calculado y escabroso del asunto, y tiende a perderse en cavilaciones sobre quién o quiénes les brindaron información, y se pregunta por qué la capucha del pistolero, por qué el hombre... De un manotazo, la atrae por los mechones de pelo. La tiene contra sí. Contra su pecho. La aprisiona por la cabeza contra los pectorales, descubre alterado el corazón, a punto de saltársele, y agria y apestosa la sudoración. Ella lo sabe nervioso, y paradójicamente se alegra porque considera ir ganando en algo, cuando debiera estar cagándose otra vez, pues la mano y la pistola del tipo no dejan de temblarle sobre la sien.

Hay cuestiones que debiera pasar por alto, como ésta donde alguien se devana los sesos intentando adivinar un nombre para la protagonista del culebrón dominical. Matará a una de estas negras de todas formas. Las historias del negrito no hacen desconectar a esa masa amorfa y protestona que son los radioyentes, no son refrescantes, como si necesitaran beber algo más que el agua turbia que Marialina Davoe sirve en los turnos de cafetería del bulevar.

Marialina está recogiendo los vasos y cacharros plásticos para abreviar el turno, la salida, el momento cumbre cuando junto al chapistero marchará rumbo a su casa. Me faltan doscientos para terminar el turno de trabajo, le dice al negro, ya sosegado, y que la dejara fumar en paz, pero ahora le arrebata el pitillo con los ojos, y le dice, sí, y termina pronto, mi china. Pero me faltan doscientos pesos, dice la negra gorda, y es como si interpretaran un bolero. Él vuelve la vista y rectifica que no es con el turno y los jodidos doscientos pesos, sino con el cigarro. A esta altura la gorda lo ha consumido casi hasta gastarlo. Tiene los dedos mugrientos a punto de quemárseles. Termina pronto, le repite a la negra, cuando la ve alejarse con la bandeja repleta de cacharros plásticos, sucios y atascados de moscas. Hacia el balcón del quinto apartamento del reparto Flores están agitándose dos manos, es la imagen limpísima de la mulata, la negrita fina, una mujer delgada y con el cuerpo bien armado, en el acto de abrir la boca en una delicada sonrisa para que el hombre del apartamento acabe de recibir la contraseña.

De brazos de la mulata, recibe la señal de alegría como de las aspas de un ventilador. Así espera algunas tardes, en el balcón aquél por donde a veces ve pasar al negro de las trenzas, desaliñado, pero alegre, haciéndose acompañar de la gorda camarera, negra y bamboleante.

Lina o María va a llamarse la otra muchacha, a punto de estallar de fama en el radio-teatro dominical. De manos del escritor radial y luego por la voz imponente del asaltante, está obligada a sentarse en la silla plástica de la cocina. Nota cómo lo trastean todo en el interior de los cuartos. Siente un estruendo. Al cerrar los ojos, adivina un Buda de porcelana. Uno de los asaltantes desgarra una cortina, luego lo ve aparecer envolviendo en ella dos de las figuras salvadas en el forcejeo por violar la puerta del closet. Lina suda a mares todos los sustos que no tuviera nunca. Tiene todos los dolores estomacales alojados en la palabra miedo, aprisionados en el abdomen, también los dolores de cabeza, y se le agregan las veces que no iba a mearse cuando niña y no puede aguantar, hoy, siendo una mujer y ha podido hacerlo en cualquier santo lugar, donde se le antoje por su real y legítima gana, por Dios, pero no aquí, delante de estos dos salvajes, bestias de mierda, les dice al comprobar cómo se le está chorreando el orine entre los muslos, y llora, como si quisiera escaparse de su mismo cuerpo definitivamente. Llora y convierte los suspiros en un llanto cada vez menos posible de aguantar, de apagar, aún cuando el encapuchado le fuerza la boca con las manazas sucias, asfixiantes por la peste y el grosor de los dedos. De tanta fuerza casi se los introduce por la boca. Está resistiendo literal y literariamente como heroína. No le importan las carcajadas de los demás, ahí, delante de ella misma. No le importan, más bien le asustan, pues no se esconden el rostro en máscaras de tela, semejantes a la del que le parece el jefe. Una de las dos despampanantes carcajadas se detiene al notar cómo la señorita Lina deja de llorar y entorna los ojos con desespero. Él es el primero en advertirlo, suelta el cuchillo y se abalanza sobre el enmascarado. Apartándolo, sacude a Lina, la menea por los hombros varias veces y comprueba cómo vuelve en sí. Los dos hombres intercambian algunos gestos a manera de controversia, pero ni ella ni nadie adivina qué hay detrás de los ojos alterados del hombre de la máscara. Lina está a punto del desmayo, sobre la silla plegable.

Como un niño feliz, el negrito fino de la emisora, golpea un balón contra la pared para hacérselo volver y driblearlo. Hace piruetas. Una. Dos. Tres, cuatro veces. Con el empeine sujeta el balón, le da dos, tres, cuatro toques suaves hacia arriba, y en el aire, en ese pequeño viaje del balón, también viaja él, como hacia ese lugar, más allá del océano, desde donde trajera los "tacos durísimos", de cuero reseco.

Tocan a la puerta suavemente y debe ser la negrita fina, pero también suena el teléfono. El hombre de los culebrones radiales decide atenderlo primero, al levantar el manófono y por la cara del negrito, debe ser de la emisora, de la Redacción, exactamente. Y responde en un aló, sí. Tuerce los labios al reconocer la voz aflautada del rinoceronte de espejuelos verdes. Ese "ya estoy terminándolo" se ha convertido en el estribillo de la canción de turno en toda la semana.

Al colgar el teléfono, descubre otra maravilla escondida en la palabra tiempo: han pasado unos minutos de conversación y tocaban a la puerta, tocan a la puerta, también venía subiendo su negrita fina.

La gorda ha concluido el turno y la jornada semanal. Nadie puede afirmar que ella y el negro chapistero sean del todo felices, pero parecen dos adolescentes al salir de la escuela, dos imberbes compartiendo sus almendros, mucho más: dos tontos o dos niños felices.

Después de llegar al cuartucho, el negro recibe con desagrado la noticia. Marialina ha olvidado parte de lo que en unos minutos sería su merienda y el refuerzo del fin de semana. Postrado junto al anaquel grasiento de guardar las piezas y tarecos de mecánica, el negro de las trenzas se resiste a regresar, total, dice, por una jaba de panes, ella agrega: …y tomates. ¿Tomates?, dice él. ¿Entonces este weekend, mamita, comeríamos tomates? La gorda no tiene tiempo de asentir, el hombre se resguarda las trenzas en el pompón multicolor y baja las escaleras por las que casi tropieza con la negrita fina de la sonrisa blanca, que intentaría a su vez tocar a la puerta del escritor radial. Vuelve a manosearle las teticas puntiagudas como en días atrás, y la toma de un brazo. La muchacha lo contrae hasta deshacerse de la fuerza del mecánico. Maricón, dice dos o tres veces y el negro le estruja la mano grasienta por la cara. Ella escupe con todo el asco del mundo el áspero sabor dejado por las manazas del tipo, pero se siente sofocada, casi ahogada la respiración y el empuje del mecánico le golpea la cabeza contra la pared.

Sin violar las santísimas y benditas categorías espacio-temporales y sin descuidar ese amor y cultivo tan excesivo que todo escritor radial debe de tener en cuanto a sus oyentes, el negrito fino ha saltado varias páginas intentando hacer fluir su historia lo mejor posible, pero, eso sí, con una salida elegante y noble, como noble ha de ser la manera con la cual desea quitarse al mastodonte de los fondos de botella. Así piensa. Dos, tres páginas más, y adiós domingo, adiós radioteatro. Pero sabe que tiene que calmarse, necesita mucha calma, pues no le ha dado fin aún. Sigue alelado, maquinando, hurgando acaso en otra de las peripecias de uno de sus personajes. ¿En el negro de las trenzas? ¿En la mugrienta faz de la servidora de todo y de todos? ¿En el ambiente mismo de la cafetería que apartada del bulevar pudiera ser un personaje más? ¿En qué piensa mi negrito? Así pudiera decir la negrita fina en caso de entrar al apartamento, todo esto si la soltara el negro, zorro de mierda, balbucea la muchacha desde ese rincón donde la tiene apretujada, saltándole los botones de la blusa, halando de los tirantes del sostenedor, y en el otro lado el negrito dice: virgencita, este negro tuyo no puede más, necesito unas vacaciones, Dios mío. ¿Por qué?, dice ese montón de huesos con un doloroso parecido a una muchacha y se derrumba desde su soledad y su paliza, desde el ultraje de estar abandonada al final de los últimos peldaños. La muchacha parece una virgen y tiene el desconsuelo propio de los desamparados. Está llorando, pero no puede oírla ni el mismísimo vecino más cercano, con todo el ruido producido por la Royal, año 50, con el desparpajo de las teclas, prestas a servir a la audiencia nacional, una radioescucha ansiosa desde el domingo anterior, diez pe eme, y ahora deficiente: atada de manos, oyendo, imaginando cómo la muchacha sufre el dolor tan grande de la paliza, sin poder hacer nada para que no se lo lleven todo de la casa, pues la gorda es incapaz de arriesgar la yugular ante el cuchillo amenazador del encapuchado. Ahora hay más peligro. Los otros abandonaron el aparente juego, han dejado de trastear, cargaron con el botín. Han desaparecido.

Han desaparecido todos, dice la negra gorda, leyendo la página despegada de un libro, lo sostiene con la torpeza de sus manos regordetas y húmedas de sudor: murió el músico Méndez, alto y muy borracho, que solfeaba en su clarinete tocatas melancólicas, murió mi eternidad y estoy velándola, así como a la negrita fina, estamos velándola, la pobre, tan buena que era, no la salva nadie ya, ni esa gorda, mirando cómo le saquean su casa y espera varios minutos hasta pensar y convencerse, sentir, decirse, no queda nadie alrededor que pueda volver a ponerle el cuchillo a la garganta, el clásico cuchillo de los novelones, y se levanta de la taza sanitaria a donde había ido a evacuar el resto de su espanto, y sale de la casa de una vez. Sale hasta la punta de la escalera. Si el negrito hubiera escrito una historia tan palpable como la real, la gorda del primer radio-teatro semanal hubiera podido ver a la muchacha, exánime, pero presa de un pequeño temblor, casi imperceptible. En el radio-teatro, el susto no le da para más y se sienta en el primer peldaño. En ese lugar de la escalera lo hubiera visto todo. Por eso la gorda de la cafetería no puede ser la noble mujer, vandálicamente despojada de sus ajuares hogareños, no puede ser la misma. En ningún caso el mastodonte de la Redacción te permitiría ir de un lado a otro de la trama, haciendo de tus oyentes un ensordecedor manicomio nacional, sería una burla más de tantas cometidas desde tu entrada a la radio. El gordo no te permitiría desmanes como esos otra vez.

Como el negro de las trenzas no regresa, la gorda gastronómica se tumba en el sofá destartalado y se rasca el abdomen y las verijas con una dulzura desmedida. Junto al sudor, va empotrándose en las uñas algo sucio. Parece chocolate y se lleva las uñas a la nariz y huele hasta sentir placer. Por eso esta digresión, esta licencia de ubicar a la gorda camarera tan cerca del apartamento del escritor radial. Como las últimas escenas de la pieza radial han de salir apasionadas y violentas, duras y con todas las sorpresas que los radioescuchas han reclamado, el negro fino no atina al tiempo (esa magnitud tantas veces violada a la fuerza). No atina a pensar el minuto cuando le dijo adiós en forma de saludo a la negrita fina. Negrita fina, dice el rastafari, con dos trenzas fuera del pompón. La negrita fina, y es como la cuarta vez que lo repite, casi destripando el prohibido cigarrillo, en tanto las picaduras y los restos de papel le caen sobre la mezclilla raída. El negro y el negrito, como en el teatro bufo. El negro fino, afrancesado y todo, no tiene la experiencia, la calle necesaria para continuar y darle fin a la trama exigida por sus oyentes, exigida por el hombre del saco y espejuelos verdes, la historia no puede terminar como él desea. No tiene calle, y nada puede hacer con el negro, rondando las calles del reparto Flores, con una mujer negra, gorda y en espera de lo mejor de la noche y los cigarros clandestinos, como tampoco puede hacer nada con ese otro rastrojo de mujer, abandonada en la escalera. El negro fino está alarmado, su muchacha se demora demasiado, y entre instinto y voluntad, recoge el mazo de diez hojas: suficientes para hacer los minutos exactos y darle fin al radioteatro. Estos minutos le bastan también para salir en busca de la muchacha. Al abrir la puerta, revisa la página ocho del pliego de diez hojas y sabe que el espectro de Lina, unos escalones más arriba –o más abajo– estaría observando la miseria como él lo hace en la realidad. Es ese montón de ropas y despojos que rodó escaleras abajo y que antes fuera una muchacha o la versión más próxima a su negrita fina. El negrito fino, ese personaje o narrador atónito, desconcertado, no tiene muchas fuerzas para rendir cuentas al mastodonte de los lentes verde-botella o salir en busca del asesino o del rastafari, que ronda ahora las callejuelas más oscuras de la ciudad, éste último también en busca de la merienda en la cafetería. El negrito fino lo busca. Busca a Lina que se ha difuminado de los escalones superiores. Las busca y las junta. Las junta, y al hacerlo no puede definir cuál de las dos es la muchacha del capítulo que ponen hoy, domingo, diez pe eme.

yo lo sabía. siempre me digo ya están por regresar. después de las torturas quieren escuchar mi confesión, pero en cuanto comienzo a vomitar los esputos verdirrojos, quieren terminar su sesión diaria y se marchan. ahora va a romper el alba y con ella tomaría sentido mi último reducto de esperanza. si no es hoy, no podrán hacerlo nunca. el peor de todos es el que se queda de vigilante en el primer turno de la noche. cuando llegue le digo ustedes lo que son unos mujercitas. quien le da golpes a una mujer es un mujercita. ustedes me estaban toqueteando toda. a ese es al que más odio. decía déjenme mamarle las teticas. el otro me sujetó por la cabeza para que no los fuera a morder. ese sí es un pendejazo, la vez que le mordí la mano pegó el grito en el cielo. chillaba como un animalito. entonces me dije por dentro, yo sabía que tú eras un pendejo, con tantos golpes que me has dado... cada vez que me ponen eso en la boca... me da una rabia. si salgo de aquí les voy a arrancar los huevos a todos. si mi mamá los ve enseguida dice Dios mío, dejen a ese angelito de Dios. ella que nada más que sabe, al maldecir, partida de degenerados. o si no, una caterva de mal paridos. y si mi abuelo los ve dice, eso es por estar en la guanajerías de la televisión. y ahí pega a decir, de esta no te salva ni el médico chino. ahora recuerdo, el chinito de la esquina le vendió un farol a mi mamá. si yo hubiera tenido aquel farol cuando me estaban dando aquella tunda de golpes. nadie lo creería. el chino que llegó y nos vendió el farol, tiene un libro donde hay otra manada de chinos sujetando un perro, entre todos están halándolo por las patas. creo que la foto dice, en el letrerito de abajo, la prueba de las buenas conciencias. pobre animalito, yo lo recuerdo y me da lástima porque me recuerda a la perrita flaca de al lado de mi casa. y pensando en otra cosa, si llego a olerme lo del rubio que iba a buscarme al cine, se la dejo en la uña. cogerme a mí para eso. y yo lava que te lava. mierda y pañitos cagados. uno. mierda y pañitos cagados. dos. mierda y pañitos cagados. tres, cuatro, cinco... mejor ni hablar de eso. lo mejor fue al principio y no al final como sucede en los novelones o las películas de los sábados. dice mi tía que así pasa en todas las novelitas de la radio nacional. en una de ellas la dan una de palos a una muchacha. yo estaba pegadita a la bocina y oía los jadeos. ni para qué contarlo. la envidia de los escritores de terror. en verdad que si se ponen a oír la novela del domingo a las 10 pe eme, se mueren de la envidia. no le dicen la novela, es algo del teatro, pero tiene la misma musiquita de las novelas y las mujeres lloran igualito. en cuanto les pongan atención, se les acaba el amor por las patadas y las palabras llenas de porquería, como éstas que me han dado en estos días... ahora sólo espero que amanezca. si amanece, me salvo o me jodo. si mi tía me ve... con lo flaquenca que estoy. Así estuvo ella y no sabía que estaba al morirse. así flaca y todo, le hicieron lo que les dio la gana. había tanta sangre como si hubieran matado una res. un día yo vi cómo mataban una. era la mar de sangre. parecía un soldado romano de los que vi en una película, en medio del circo de gente y animales, como dice el narrador de las novelas de los domingos, manando sangre de los labios y los pechos. a mí siempre me gustó esa frase, tiene un no sé qué de Oliverio Twist con Jack el destripador que me fascina. sin embargo el Jack de las historias inglesas no es tan espantoso y cochino como estos bárbaros que me tienen encerrada desde hace tanto. pero el más asqueroso y recochino es el más bajito de todos los que vienen a hacerme preguntas. cuando se queda solo, después de manosearme los pechos, me escupe debajo de los brazos y enseguida se lo come todo. asqueroso y bien. y ahí no para la cosa. el último que han puesto a vigilarme, la otra noche me subió el vestido, ahí mismo sentada y amarrada, y estuvo un rato comiéndose las purulencias que se me hicieron de las llagas en las piernas y entre los dedos de los pies. la verdad es que me da grima ver todo esto, no por mí sino por ellos, no saben lo que buscan, por eso no lo encuentran. a mí nada más me pasa. está amaneciendo, ya va a romper el alba. éste sería mi último reducto de esperanza. si no es hoy, no podrán hacerlo nunca...

Historia de Juandormido

Cargábamos esas cosas para vender. A veces lo hacíamos y a veces no. El Funky y Juanito vendían más. Después de la venta contaban la plata, repartían lo que sobraba y me dejaban el fondo, siempre, sin ninguna excusa. El más resbaloso era el Funky:

—No me sobró nada, asere.

—No, no te sobró nada.

—Yo no tengo suerte, asere.

—No, no tienes suerte.

—¿Y tú no te molestas porque te debo mucho?

—No, no me molesto.

Yo recogía lo que sobraba, les daba algo y me iba. Qué mierda me iba a molestar si los tenía trabajando para mí. Como esclavos, mierda. Como esclavos, decía el otro. Juanito era el más protestón. El Funky lo animaba contra mí, que si un día se iban al carajo, si me daban la mala y qué tanta mierda, el tipo no se come a nadie, decía. Cuando te canses de verdad me avisas, le decía a Juanito.

Cuando me canse, Funky, decía, tú me ayudas y lo descojonamos, y le partimos para arriba y lo hacemos mierda. Un día de aquellos me iban a hacer mierda, delante de todos, dijeron muchas veces. Que vean lo que llora y lo puta, lo pendejo que es. Este gallo se cree cosas, decía el Funky, lo animaba. Es un pendejo, ¿verdad, Funky? Un engreído, volvía a decir el Funky, y lo animaba, encendiendo el fuego contra mí.

Todos los días del mundo las circunstancias ponen a un hombre en el límite de las posibilidades, pero a mí la vida me tiene todos los minutos al borde de la desesperación. La vida, asere, es una mierda, le dijo al Funky. Tienes que tomarlo con calma, todo llega, dice él. Sí, lo que pasa es que a ti no te toca lo más malo, a mí el Dandy siempre me da la mala. Soy yo el que tiene que vender hasta lo último de la mercancía, el que se lleva la jeva que él quiere y la que no, aunque yo no quiera. ¿Tú me entiendes, asere?

—Sí, mi socio, a ti se te entiende fácil.

El Dandy cruzó la calle y se deshizo de un pequeño paquete que traía en el bolsillo, lo entregó a la manicura del portal de la tienda, volvió a su carga en la bicicleta y siguió. En la otra cuadra lo abordó Juanito.

—Te dejo, asere, ya no vendo más contigo, ¿ok?

—¿Y a ti qué coño te pasa?

—A mí, nada. Yo no soy mula de nadie. O me das mi plata o se te acaba la onda de vender fácil.

—¿Qué, me vas a regalar?

—No, párate ahí, yo no soy eso que tú piensas.

—No serás mula, pero eres yegua y con la lengua flojita como una gelatina.

Juanito empujó la bicicleta con el pie y el Dandy y todas sus cosas fueron a dar al piso. Los dos jóvenes se enrolaron en golpes mal propinados, se remellaron los codos y se dieron hasta que la gente se metió y acabaron la trifulca.

—Yo te mato, so yegua —dijo el Dandy.

Juanito sangraba por la nariz.

Voy a sentarme a la puerta de la casa, carajo, y no me voy a mover hasta que Dios me ayude. Era la última de las consultas a un palero, santero y adivino de barrio al que iba, y se sabía nombre y lugar de todos los que así pudieran ayudarla. Según sus pasos ganaban la calle, aumentaban las maldiciones. Soy una salación, decía, mira que pasarme esto a mí. Al salir, el portazo resonó en la misma acera.

Que Dios la ayudara significaba que alguien le diera el método para despertar a Juan. Iba para treinta y siete días que su hijo dormía sin que nadie tuviera la más remota idea de cómo sacarlo del sueño.

Cruzó la calle y después de subir las escaleras estaba en el parque, a salvo de la muchedumbre.

Terminó de meter el vuelto de la consulta en el monedero, suspiró largo para aliviarse por dentro. En esos trajines de brujería se le fue el poco dinero, lo último después de la boda del hijo. Concluyó con el monedero, lo puso en el bolso y se tumbó en el banco. La vida es de madre, caballeros, dijo, y los que pasaban se quedaban azorados. Estaba descalza, puso los zapatos como almohada. Se dejaba rondar por el olor dulzón de las diez de la mañana. Después de tantos días, no era extraño quedarse dormida ahí, a la luz del sol. Seguro seguía lamentándose entre pestañazos, qué mala suerte la mía, señores…

En eso estaba cuando vio una sombra encimársele. Se repuso un poco y la mujer de las argollas grandes se repartió tres bultos sobre las piernas. Las barajas no se movieron con el viento. La mujer que se lamentaba escogió una carta y escuchó a la del aspecto de gitana. Le dijo algo muy bajito, la otra le agradeció, intentó pagar y al saber la negación agradeció, recogió los zapatos y se fue dando tumbos, con el mismo azoro de un iluminado. Ya iba lejos cuando miró para atrás y no vio a la gitana, pero ahora dudaba si era un sueño o la misma realidad. Para ella desde hacía mucho eran la misma cosa.

Cuando lo contó en la casa no se lo creyeron. Ni la nuera ni el Funky estaban dispuestos a tanto, después de todos los intentos:

—¿De dónde coño tú vas a sacar diez mil mujeres para que besen a Juanito? —dijo el Funky.

—Eso no importa, una a una las traeremos hasta aquí —dijo casi desconsolada.

—Sí, como no es a tu marido al que le van a poner la boca como un estropajo… —dijo la novia.

—No es mi marido, *mi'ja* —dijo la madre.

—No es tu marido, claro —repitió la novia.

Después de la oración del padre Gustavo, la iglesia fue una explosión de alegría. Las dos familias se abrazaron, los besos y los qué bueno, qué alegría, Señor, volaron de boca en boca. Cuando los novios se besaban como marido y mujer, Juanito se desplomó ante los ojos de todos. A los pocos minutos estaba desmotado y frío como si la sangre no le fluyera. La novia lo besaba, lo sostenía con la cabeza sobre sus piernas y de vez en vez le ponía un pañuelo con agua de colonia cerca de la nariz. Ella lloraba, la madre también lo hacía; entre maldiciones iba diciendo: por qué a mí, por qué…

Al llegar a la casa había decidido no contárselo a nadie, pero comprendió que ella sola no podía. Aunque se burlaran y le dijeran loca. Lo pensó varias horas. Alguna chispa encendió cuando decidieron ayudarla después de tantos reparos. Era la fe lo que estaba moviendo, además de algunas mujeres del barrio, al Funky y a la novia del dormido.

Las primeras en aceptar besarlo fueron las primas y las del patio contiguo. Ambos grupos avisaron en el barrio. En menos de media hora, casi un centenar de mujeres merodeaba la casa, preguntando en qué consistía aquel remedio. Desde que levantó el día la casa se fue hundiendo en un incesante hormigueo, producido por el entra y sale de tantas mujeres.

Sentados con las piernas colgantes desde el muro pasaban el tiempo conversando:

—¿Tú sabes que Juanito dice que te va a matar? —dice el Funky.

—¿Sí? Juanito es una rana, y no es bueno que tú le sirvas de correo, mi socio —dice el Dandy.

—Yo te aviso porque te aprecio y esas cosas que tú sabes.

—Bueno, tú le dices a Juanito que quiero hablar con él, pero tiene que ser hoy.

—Ok, mi ambia, y no te calientes tanto la cabeza —dijo el Funky.

El día en que Juanito se quedó dormido, después de sacarlo del hospital lo llevaron a su casa. Fue tanta la curiosidad de las primeras horas, con los vecinos cuchicheando en el portal, que intentaron ingresarlo otra vez, pero ante el peligro de un contagio infeccioso decidieron devolverlo a casa. Después de la misa de domingo el padre Gustavo aprobó la iniciativa y el cuerpo del joven fue expuesto ante el altar del Cristo de madera. Allí podrían besarlo quienes vinieran.

Era bien temprano en la mañana y Juanito vino asustado, que era increíble, asere, decirme a mí que me tengo que llevar a la guaricandilla esa, y yo, no Juani, no le hagas caso, el Dandy está medio sona'o y no hay que hacerle caso, pendejo de mierda, y el Juani yo sé lo que tú me dices y dijiste la otra vez, pero él tiene el control de la plata y lo está tapando todo con eso que estamos vendiendo ahora, no puedo negarme, yo salgo de esta y ya, y yo tú eres un pendejo, yo le parto en la oscuridad y lo desguazo, a mí no me manga el tipo, se habrá creído, carajo.

Así no sirve, mi socio. Tú no me puedes obligar, así no sale, dice Juanito. Yo no sé si sale o no, pero tú me pagas con ésa y estamos en paz, ¿ok? Ok, asere, pero esta vez y ya, no sea que te pases, yo la tumbo, le tumbo esas cosas y la dejo, ¿ok? Ok, monstruo, tú eres un bestia, ya sabía: contigo se puede contar. Ok, nos vemos.

La primera en besarlo fue la madre. Le puso los labios sobre los labios y ya. Después vino la novia y las cuñadas de Juanito y las vecinitas de los bajos. En unas horas no se habían presentado tantas mujeres como se esperaba, por lo que a ese ritmo tardarían muchísimo en llegar a la número diez mil, la que lo haría despertar. Después de refunfuñar un poco, la novia se convenció de no entrar en ñoñerías, qué era eso, decía la suegra, así no vamos a llegar ni a cien.

Ahora Juanito tenía para sí, por obra y gracia del ánimo y disposición de su novia, más de quinientas bocas que lo besarían apenas abrieran las puertas de la iglesia. En las primeras horas de la noche estaban localizadas sus antiguas compañeras de la secundaria básica. Y al caer la madrugada pusieron sobre aviso a todas las chicas que estaban becadas en un politécnico de Agronomía.

El Dandy sintió ganas de quitarse la camisa, se desabotonó hasta abajo, pero el calor no cedía. Se dijo clase mierda, cuándo carajo iba a llover en este maldito pueblo, si el pendejo de Juanito no llegaba lo mandaría a buscar con el Funky, tanta mierda. Cuando se dispuso a sentarse en lo alto del muro, vio a Juanito acercársele:

—¿Qué, impaciente? —dijo.

—Fíjate bien —dijo el Dandy—, conmigo las cosas andan bien o no andan, ¿ok?

—Ok, Dandy, ¿qué hacemos? —dijo.

—Toma esto, llévalo donde tú sabes, ¿ok?

Los dos muchachos se intercambiaron un paquete y se dieron unas palmadas como despedida. Después se perdieron en el bullicio de la gente que se los tragaba todos los días.

A las doce de la noche, la alarma electrónica del reloj de pared dejó escapar un sonido bobalicón, algo de Mozart o Beethoven pasado por Kenny G. La casa estaba transformada en un puesto de mando: dos teléfonos sobre la mesa, con sus correspondientes recepcionistas. Tres mujeres se encargaban de repartir el café, o lo servían humeante desde los termos a los vasos plásticos desechables y lo brindaban con galletas de sal. Un sujeto de finos ademanes era quien cuidaba la puerta al entrar. Ahora llamaba mucha gente, incluyendo a los maridos celosos. Estaban alertas y se oponían, tajantes, a la prueba del beso. Había otros más moderados y hasta los había excesivos, dispuestos ellos mismos a dar el beso si hacía falta.

La matrona y la muchacha lo habían preparado todo. Dejaron a las hormigas locas operar a pierna suelta. Se lanzaron puerta a puerta para convencer a los maridos celosos y remisos: por un lado echaron mano al mito de la Bella Durmiente, rehaciéndolo y volviéndolo a contar más de una vez; dos, tres veces si era preciso, pero que entendieran y las dejaran asistir a la fiesta del beso. Las esperarían a las nueve en el parque. La madre les explicaba que su hijo se había quedado dormido precisamente el día de la boda, en el mismo momento en que los juraron marido y mujer.

En los primeros días Juanito se acercó a la muchacha, y aunque ella se sorprendió un poco, se dejó seducir en algo desde los inicios. Un muchacho así, le decían las amigas, no importaba que vendiera esas cosas para ganarse la vida, como si todavía fuera un delito, decían. Y ella que era verdad, de todos modos... y Juanito yo te veo pasar y se me aprieta el corazón, tú eres algo grande en mi vida, y el Funky: asere, ven acá, ¿tú eres poeta o qué cosa?, y él poeta no, me la llevo, le quito eso y ya; y el Funky, tú estás apendeja'o y quieres cumplir con el Dandy, y él salir de eso, pero no apendeja'o, y discutían, si mañana le pidiera se tirara a un pozo lo haría, si era un berraco, no fuera guanajo… y Juanito párate ahí, asere, la jevita me gusta, y el Funky, ahora sí te volviste loco, esa fue jevita del Dandy, termina con eso ya, que adónde querían llegar los dos, la pobre muchacha no sabía nada, no fuera tan hijoeputa, y el uno chao, asere, chao, y el otro chao, záfate pronto, no sea que te enredes más con el Dandy, tú lo conoces…

La sala amplia de la casa fue desalojada de sus muebles. En las paredes colocaron dos bandas anchas de papel, engomadas por los dos extremos. Había mapas y croquis de los barrios más apartados. En otros papelógrafos se leían nombres de mujer a quienes pedir autorización y consentimiento para que sus hijas vinieran por los labios del dormido. Era un puesto de mando. Reclinada en un butacón, en una mano una taza de café y en la otra un puntero, la matrona dirigía aquel operativo.

Cuando dieron las tres de la madrugada concedieron el permiso para retirarse, en pocas horas las necesitaban a todas, repuestas y como nuevas, para empresa humana semejante. De a poco comenzaron a sonar frente a la casa timbres de bicicletas, pitos y chicharras de motores; los autos sonaban de improviso, aparecieron otros maridos que a voz en pecho llamaban a sus mujeres y por el escándalo se hacían notar desde la acera de enfrente. Era un suceso de alcance nacional y la efectividad de su ejecución se comprobaría en pocas horas. El último en retirarse fue el hombrecillo de finos ademanes. Terminó de limarse las uñas, se sopló la basurilla de las cutículas, besó en la frente a cada una de las que quedaban en la casa, se colgó el bolso de cuero en un hombro y lo despidieron: hasta luego, Farraluque.

Nada más quedaron la madre, la novia y una vecina de más o menos quince años. La matrona tenía compresas en los ojos y los pies hundidos en una batea de agua tibia. Era un rastrojo humano, pero se recuperaba poco a poco. La nuera se metió bajo la ducha y la muchachita barrió de inmediato las montañitas de cabos de cigarro, llenó un recogedor de cucuruchos de maní vacíos, chicles masticados, envolturas de bombones criollos y hasta condones usados. Después que la adolescente se marchó, la matrona y la novia de Juan se tumbaron a dormir.

Esa noche ya la calle estaba alborotada, en el parque el Funky y el Dandy intentaban arreglar en algo la situación. Funky, asere, ¿qué mierda se cree Juanito? ¿Él no sabe que conmigo no se juega? No sé, le dice el Funky, pero yo creo que la cosa va en serio. ¿En serio? Lo que yo sé bien es que cuando lo coja le voy a dar una mano de palos…

Mira, Dandy, yo siendo tú, esperaba a ver, a lo mejor él se trae otra cosa, algo mejor para los tres. ¿Para los tres, replica, qué tres? Tú no te metas en esto. No, asere, dice el Funky, a mí no me metan en esto, yo lo decía por ella. Está bien, mi socio, dijo el Dandy, si tú puedes, ve y dile, que nadie lo escuche, que dice el Dandy que cómo es la vuelta, y apúrate. Nos vemos por la mañana.

Pero ya es de mañana, las siete en punto y la imagen de la mujer desconsolada ante la impronta de la gitana había desaparecido. Ahora estaba eufórica. Les habían prestado unos walkie-talkies del servicio de guardia de la fábrica de calzados. Una ingeniera en comunicaciones les ayudó a introducir unas claves con las cuales era fácil comunicarse. A esa hora la muchedumbre esperaba ansiosa en el entorno del parque, sentados en los bancos, aceras, sobre las camas de los camiones y bajo el inmenso ficus al que todos llamaban El laurel. Allí, un equipo de musicalizadores servía los más frenéticos ritmos para divertir a la masa expectante; los orientaban y colocaban en bloques de a cien, según fueran llegando, desde el parque hasta la línea férrea. Para ellos la contabilidad debía ser lo más certera posible. De no llegar en dos días a la cifra señalada tendrían que buscar otras mujeres en sitios más apartados.

La concentración era un espectáculo fascinante. Mientras, llegaban las ruidosas escolares sobre camiones y carretas de cargar caña, o se bajaban por racimos de los vagones ferroviarios, una cantidad ahora no definible se asomaba a los alrededores. Había curiosas en batas de andar y rulos en la cabeza, hombrecillos celosos intentando sorprender a sus mujeres en la prueba del beso, y niños, infinidad de niños jugueteando entre sí. Pero de lo más obedientes, de vez en vez repetían consignas y canciones, deglutidas en los centros escolares. Ciertos lemas aludían clamorosamente a Juanito el dormido y otros al valeroso ejército de mujeres, prestas a sacarlo del sueño.

Al faltar no más que un cuarto de hora, una mujer se dirigió a través de su walkie-talkie a los operadores de audio. Acto seguido la música fue cediendo en decibeles a favor de lo que gritaba el famélico Farraluque, pedía atención. Todas las miradas fueron hacia él; por unos ramajes subió al campanario y tocó a rebato. Angelicalmente las cabezas apuntaban hacia el cielo… o hacia los bronces. Miles de rostros extasiados.

Frente a la iglesia el padre Gustavo dijo unas bienaventuranzas y tendió una mano a la novia en desgracia. La matrona se ocupó de un detalle protocolar: hizo cortar la cinta para dejar abierta la sesión de besos del día.

Esa mañana, cerca del parque de la iglesia católica, el Dandy buscaba con afán a su amigo el Funky. Luego de saludarse, Funky le brindó un trago de una pequeña botella que llevaba en el bolsillo.

—No, asere, tú sabes que cuando trabajo no bebo. Y menos esa mierda.

—¿Sabes una cosa, Dandy? Eres un tipo extraño, pero lo más extraño del mundo.

El Dandy no contestó esta vez. Era una de esas ocasiones en que prefería acorralar a su presa bajo el peso de sus propias palabras.

—Un tipo extraño —repitió el Dandy, midiendo la longitud de cada sílaba.

—Sí, y aunque no sé ni me interesa lo que cuadraron ustedes, el recado que te traigo es éste: no pude acercarme a Juanito.

—No, ya no importa, deja eso, Funky.

"Deja eso" quería decir no me hace falta tu ayuda. Tú no me sirves como correo para el Juani.

—Está bien, mi socio, yo me zafo por completo.

—Antes, entre nosotros eso era estar apendeja'o.

—Lo que quieras, pero mira lo que formaron ustedes, yo me quito, ¿ok?

El Dandy no dijo, ok, mi socio, o "ya está" y le daba una palmada como hacía siempre. Esta vez le dio la espalda y caminó para alejarse un poco. Cuando estuvo algo distante, se volteó y el Funky no lo dejó hablar.

—Allá tú con ella cuando se entere, y además recuerda que toda la mercancía no es tuya, ¿anjá? Y se bebió un largo trago y se perdió en las sombras que parecían personas.

Entonces no supo de dónde salían. Unas mujeres con brazalete abrieron un trillo entre el enjambre humano para darles paso a las candidatas. Además, les daban instrucciones de cómo y cuándo pasar y cómo ejecutar la acción del beso. Era increíble la disciplina que imponían. Minutos después las chicas entraban, le daban el beso y sin mucha ceremonia se retiraban. El padre Gustavo tampoco salía del asombro. Afuera, sin embargo, las cosas tomaban otro cariz. Sin haber pasado aún el segundo centenar, las guardianas no soportaban el aluvión de empellones y la trifulca general. Un destacamento quería sobrepasar al otro. Uno de los bloques más compactos y marciales se desparramaba por un costado debido a aquel estira y encoge. Los bloques delanteros se movían con lentitud y perdían poco a poco el encuadre casi napoleónico de sus filas. La algarabía y el desorden eran tales que no se escuchaban las voces de los niños. Se sentía sólo el ulular de gargantas enloquecidas, sin dejar de gritar improperios. Su fin último era alcanzar las puertas del templo.

En el interior, el sacerdote alcanzó un fleje metálico para cerrar el portón, acto en el que fue ayudado por el personajillo famélico y medio tullido. En medio del barullo la puerta pudo cerrarse al fin. En el suelo fue pisoteado por los que entraban y cada vez que intentaba ponerse en pie, o bien metía la cabeza rapada en una de las faldas o un taconazo lo hacía cubrirse con las manos y ya entonces no podía salir, Farraluque era un estropajo entre las mujeres. A duras penas, sucio el cuerpo y despellejados codos y rodillas, pudo arrastrarse hasta los canteros del jardín.

En cambio, las mujeres más cercanas a la entrada caían por la presión de los otros cuerpos. Los integrantes de los bloques del parque central alcanzaron la calle y para ello destruyeron plantas, hierbas y florecillas de las jardineras. No aparecían ni los vigilantes contratados ni las valerosas mujeres de los brazaletes. Las ocho o diez alcahuetas que asistían a la matrona y siempre agasajaban al Padre Gustavo rodearon el cuerpo ya sudoroso de Juanito y hasta tuvieron que cerrar los altos ventanales. En uno de los largos bancos del interior, una se había trepado y desde ahí le echaba aire a la matrona. Pero mientras más aire emanaba de la penca, más sudaba y se desvanecía la pobre mujer. Se deshidrataba. Le dieron a oler agua de colonia. Otra asistenta sacó una cajita y de ella extrajo con sus mugrientas uñas una píldora, se la colocó debajo de la lengua y le dio a beber agua.

Enseguida parpadeó. Abría y cerraba las manos, buscando la fuerza perdida. En unos minutos estuvo en pie. Las alcahuetas y dos o tres con brazaletes que lograron entrar miraron por una hendija la locura de los contornos. El Padre encendió los dos cirios mayores y las alcahuetas daban palique a su gusto, tal vez ni hablaban de Juanito. En una esquina una jovencita esmirriada prendió un cigarro y otras vinieron a dar chupadas. El salón de la iglesia se llenó de humo y el escándalo y la reventazón de afuera ayudaron a enturbiarlo más.

Al refrescar por la tunda recibida, el famélico Farraluque recobró las fuerzas y se abrió paso entre las gentes, se arrastró, intentó ponerse en pie para luego caer, pero al fin, con los codos ardiendo fue hasta el parquecito, tropezó, se levantó y ya frente a la estatua del General Don Vicente Varona intentó trepar. Los saltitos intentados sólo lograban rozar con las yemas de los dedos los cascos del caballo de piedra. En eso estaba cuando una nalgada le hizo volverse: era el Funky, le sujetó un pie por detrás y lo ayudó a subir. De un salto Farraluque subió por entre las patas de piedra del caballo, se colgó del machete de Don Vicente y a horcajadas en la montura de mármol, delante del prócer comenzó a gritar. Las venas se le hincharon, los ojos enrojecidos, la boca salpicaba saliva: tenía el aspecto de un diablillo enfierecido. Su voz se apagó con las nuevas campanadas.

Como si hubieran escuchado una explosión, los forcejeos y apretones cedieron y al final nada más se escuchaban unos llantos y el corre-corre por algunas desmayadas. Entonces Farraluque aprovechó el silencio para increpar desde su nueva tribuna a los presentes. Desgranó improperios contra las irresponsables, la emprendió con las indolentes, qué carajo les pasaba, si estaban ruinas fueran a buscar machos a otra parte. Por favor, las conminó, lo que deben hacer es organizarse, no jodan tanto, y cooperen con él para sacarlo de ese estado tan lamentable.

Cuando terminó, intentó bajar con la mayor elegancia posible. Cruzó una pierna por delante, pero el gancho de la montura le desgarró el pantalón desde la portañuela hasta la faja de atrás. La tela traqueó y se escucharon algunas risitas. Como al subir, se agarró del machete y resbaló hasta una de las esquinas pulidas del pedestal. A la altura del pecho se dejó caer, pero el codo chocó contra el filo de la piedra. Volvió a enfurruñarse, mas nadie rió.

Los improperios funcionaron. Las miles de mujeres quedaron tranquilas y Farraluque pudo encaminarse hacia el templo, no sin antes sacudirse el polvo y las nalgas adoloridas. La muchedumbre, como ovejas en rebaño, lo siguió en fila india y ya no hubo que lamentar más disturbios. El enjambre humano se hizo una estrecha hilera, despacio fue a perderse en el vientre de la iglesia.

Todos los besos fueron para él. Lo besaron la hermana, la madre y el grupo más cercano de las alcahuetas. Después pasaron las otras: eran besos tiernos, a punta de labios, y a veces secos o desabridos, tantos como tantas mujeres pasaran.

En el turno de las escolares, además del murmullo, incómodo para el ambiente de solemnidad que imponía el templo, hubo risitas. Al pasar junto al dormido le tocaban los bíceps, distendidos pero consistentes dados sus veinte años. Le introducían papelitos en los bolsillos del pantalón y la camisa, eran mensajes para cuando despertara. Algunas lo tocaban cerca del cinto y se le pegaban con descaro público para preocupación de ella, quien puso coto a tanta insolencia. Se colocó en persona junto al cuerpo dormido y puso a una de las asistentas en el otro lado. El método comenzó a funcionar. Ahora las chicas lo besaban y seguían, de lo más modosas.

El plan para la ocasión marchaba como lo previeron. En unas vistosas casetas vendían alimentos ligeros y golosinas. La música no cesaba. Dos cuadras después, en una explanada, vendían cerveza a granel, donde había parejas, ruedas de baile, pequeños grupos, mujeres y hombres divertidos, eufóricos y hasta borrachitos tumbados en la hierba fresca.

En la puerta de acceso a donde estaba aquel cuerpo, unas mujeres se turnaban para el conteo. Cuando pasó el primer bloque grande, extrajeron de la caja de al lado una tarjeta amarilla. Al llegar a mil hubo saltos de alegría, abrazos otra vez y hasta alguna lágrima. Tanta era la euforia que la gente se asomaba por los altos ventanales y saltaban al interior mediante sogas o escaleras hasta invadir la sacristía. Ya dentro, se acomodaron como pudieron muy cerca de las telefonistas o las que repartían la merienda.

En contra del orden establecido por las reprimendas de Farraluque y de la férrea vigilancia del Funky, incorporado al trabajo organizativo, algunas jovencitas querían repetir y eran sorprendidas in fraganti, y sacadas de allí. Siempre había dos mujeres en el turno de guardia, éstas conocían y controlaban todo el ajetreo. Sacaban a una intrusa y tenían que hacerlo con otra casi al mismo tiempo o volver los ojos sobre Juan, pues además lo pellizcaban e incluso lo mordían. El dormido llevaba pantalón claro y le sobresalían unas manchitas de sangre. Lo habían pinchado con alfileres. Le clavaron tachuelas en los zapatos y le pusieron un tortor de alambre dulce en un dedo.

Enseguida una fue adonde el Padre Gustavo para informar de lo sucedido, tal vez para detener aquella locura. Sólo lograron que el Padre ordenara cerrar las puertas. En un momento le desclavaron las tachuelas, le retiraron el tortor de alambre dulce y le curaron las heridillas de los alfilerazos. También le sacaron los papeles de los bolsillos. Tuvieron que cambiarlo de ropa y limpiarle la sangre y embarraduras de creyón, pero al instante estuvo listo.

El Dandy se estaba dando unos tragos, tenía los ojos rojizos como una bestia, pero seguía suspicaz y alerta, desconfiaba a cada momento.

Blande su botella en el aire, el líquido se enturbia más, la sacude, la trae contra el pecho, le quita la tapa y se empina otra vez.

—¿Qué pasa, Funky, acangrejao?

—Yo no soy correo de nadie.

—Vaya, guaperías conmigo. ¿Tú sabías que yo entro a ese lugar de pinga y no queda un zoquete de esos con cabeza?

—Yo sé todo lo que tú harías. Lo que quiero saber es qué le hiciste a Juanito.

—Él sabe que ese no era el trato. Toma, date un buche.

—No, quién se va a tomar esa mierda —señala el color viscoso de la bebida.

El Dandy se pone de pie, frente al Funky y discuten algo, éste se aparta, un poco asqueado, pero al fin prueba del líquido que hay en la botella. El Dandy le da una palmada, le revuelve el pelo y el otro se aparta nuevamente, pero esta vez se despiden.

Frente a la puerta, Farraluque anunció con voz de pito que sólo faltaban veinticinco. ¡Quince!, gritó una y lo haló por la camisa. El famélico se repuso de la vergüenza y convino frente al público: ¡Quince! Contaron a ojo de tiro por encima de las cabezas, a cuál le tocaría ser la número diez mil. Habían pasado varios días desde que expusieron el cuerpo de Juanito para ser besado y rescatado del extraño sueño en que cayó apenas dio el sí en el casamiento. El turno de la mujer diez mil coincidía con una negrita flaca y esmirriada a la que llamaban Lulú. La madre de Juan se persignó varias veces y seguidamente fue a consolar a la novia, ésta ladeó la cabeza con desespero y fue a sentarse a uno de los largos bancos. Como podían haberse equivocado en el ajetreo producido al contar, las últimas candidatas se persignaron en busca de ser la elegida. Cada una lo hizo en su turno antes de besarlo.

Cuando Juandormido despertó, Lulú era paseada de brazo en brazo por los pasillos abarrotados, varias veces, antes de salir definitivamente a la calle. Allí una multitud festejaba por las jornadas de agonía, por los malos ratos que pasara la familia y coreaban: Cú-cu, Cú-cu, cuando cargaban a Lulú, unos porque confundían el nombre y otros porque acentuaban con el nombrete la fealdad de la muchachita. Juanito se repuso y la novia lo besó largo y húmedo. En el interior unas mujeres se arrodillaban frente a la imagen de la Virgen de la Caridad del Cobre, junto a la que encendían velas y dejaban el resto de otras promesas.

Esa noche no sólo la dedicaron al amor casi sin pausa, se contaron una y otra vez la historia, desde el prisma de la novia atribulada, o desde la ensoñación del dormido, o desde lo que otros creyeron era una puesta en escena. Viraron la historia al revés varias veces, desde diversos ángulos. Al amanecer se quedó dormido, pero por lo agotado que estaba. Durmió a pierna suelta, sin distracción, y despertó horas después para intentar remediar la fiesta interrumpida de la boda.

Habían pasado los días. Una tarde bajó en su bicicleta hasta el laurel del parque, y jugando una partida de tresillo se quedó dormido otra vez. No podían creerlo.

El Dandy amenazó a la hermana, se paró delante de la casa de la novia para escandalizarla, qué mierda se creía el guanajo aquel, a mí, al Dandy, hay que pagarle y pagarle en tiempo, no se fueran a creer cosas, yo sí no me ando con mierdas, partía de putas. Y encendió la moto que le habían prestado para que una nube de humo los dejara tosiendo. Otros empezaban a creer que era una artimaña de Juanito para no asumir la deuda en el negocio prohibido.

Alguien tuvo entonces la suspicacia de mencionar a Lulú; en breve ya la tenía enfrente. Se acercó. Lo besó. Le tomó las manos y el dormido se repuso.

El Funky ya no iba por casa, tampoco seguía en lo del Dandy. Desde que se separaron la primera vez no habían vuelto a vender juntos, si acaso tropezaban y hacían por conversar entre las amenazas de uno y la rebeldía del otro.

—Yo tú esa plata la daba por perdida, Dandy.

—Perdida nada. Y le dices al pendejo ese que se deje de cuentos. Ya lo de nosotros acabó. Mi plata, él por un lado y yo por el otro, pero mi plata delante de mí.

—Tú no entiendes, asere. Yo tampoco quiero entrar en esa mierda de Juanito de estarse durmiendo dondequiera, yo también me quito de las dos cosas: de lo tuyo y lo de él. Cada vez que se estresa, se desmaya.

—Tú ayudaste a poner mala la cosa; si quieres empeorarla, allá tú.

—Asere, esto estaba malo de cuando querías cogerte toda la plata, y ya, que no estoy para nadie hoy.

Entonces alguien le preguntó al Dandy si era el único para la cola de la barbería, y él no, yo no. Y otro tipo volvió a preguntarle, y él no, bestia, yo no me voy a pelar; hasta que arrancó en la bicicleta y se perdió.

Ahora cada vez que se quedaba dormido buscaban a Lulú. Venía, lo despertaba y se iba. Le pasaba lo mismo en el bar que en el juego de dominó. Pero siempre era lo mismo: ella venía, se le encimaba y ya estaba despierto. La novia se enfurecía: que si esa negra tenía qué cosa, si le gustaba tanto… Juan se deshacía en explicaciones. Tú no me entiendes, eso no está en mí, cómo vas a pensar eso, mi china. Y ella si él quería que vivieran juntos los tres, ¿los tres, los tres, mi chinita?, y ella, los tres con tal que dejes la guanajería de andar por ahí, yo creo que tú le tienes miedo al zoquete ese del Dandy. Qué Dandy ni una mierda, el andrajoso ese, qué le pasaba a su amorcito, ese tipo no se comía a nadie y así podían deshacerse de ella… ¿o no veía cómo todo el mundo se estaba riendo de nosotros dos? Ella misma iría a hablar con el Dandy, si era mucho lo que debía, a ella, a su chini linda le parecía que no era dinero, y le repetía tú no me hablas claro, no confías en mí…

Cuando la gente salió a ver el alboroto, ya la novia de Juanito bajaba los escalones y salía del paso de escalera. El Dandy le decía que se callara, no fuera bruta, muchacha, pero ella le dijo dos o tres cosas más para ofenderlo y se fue. Unos se rieron y chiflaron. Otros tiraron las puertas.

En los primeros días de convivencia a Juanito le era imposible pasar inadvertido por cualquier lado. Que si era un padrote, si podía con las dos, cómo podía con dos mujeres. Y le hablaban de la bigamia, de los negocios, si lo tenía todo arreglado desde el principio, qué pasa, asere, le decía el Funky cuando iba por la casa. Incluso ya salía y aunque no había chocado aún con el Dandy, no se cuidaba tanto. Mientras, la novia se iba acostumbrando un poco.

Un día, al llegar a casa se sorprendió. El edificio era observatorio colectivo. Todos los balcones estaban llenos de gente. Juanito subió por las escaleras, casi de a tres los peldaños. Al entrar vio a su mujer desplomada en el sofá. Estaba en ese letargo desde hacía una hora. Nadie podía revivirla. Se tumbó en el suelo junto a ella, sin tocarla, sin hablar. No quiso preguntar nada. El Funky había subido un momento antes y se le acercó con un vaso de agua, prendió un cigarro, después de dos chupadas se lo dio. Así comenzó a relajarse y ver cómo entraban otra vez las alcahuetas y formaban el hormigueo como la primera vez.

A la media hora entraron unas mujeres con termos de café humeante, otras con teléfonos para instalar y Farraluque y el Funky entraban con una computadora. Farraluque la emprendió, como siempre, contra las que armaban el alboroto. Nadie replicaba. Juan fue a sentarse en un sillón. Se escucharon los primeros timbrazos telefónicos. Escuchó asentir ante algunas órdenes. En medio del mareo y la estupefacción vio a Farraluque junto al Funky, moviéndose de un lado a otro de la casa. Traían el café, repartían agua. Uno vigilaba la puerta de entrada contra los nuevos intrusos, el otro bajaba y subía las escaleras y coordinaba lo por venir.

Cuando el puesto de mando estaba en pie, el ajetreo cesó momentáneamente. Sólo Juanito se levantó y fue hasta la puerta, donde estaba el espectro, la sombra que era el Dandy y nadie lo creía. Sin dejarlo entrar se le interpuso.

—¿Qué pinga tú buscas, asere?

—¿Y esos modales, muchacho? Tú no hablas así. Dame lo mío y me voy.

—Lo tuyo… —Juanito se ladeó y logró sacar un pedazo de un tubo metálico que estaba detrás de la puerta. Las mujeres se asustaron, Farraluque entró a la cocina y el Funky no intentó meterse.

—Baja eso y no compliques más todo esto —dijo el Dandy.

La matrona los vio desde la puerta del cuarto y se maldijo, que era una desgraciada, tener que pasarle eso a ella, la vida era una mierda, carajo, pero iba a sentarse a la puerta de la calle hasta que

Dios la ayudara. Tendría que ayudarla, dijo, y el portazo retumbó en el edificio.

Adentro había dos guerras.

no pudieron llevarse mis palabras como no han de hacerlo con ese extraño animal y esa luz tan blanca que se posan de noche en la ventana de la celda. después de los últimos empellones han tenido que detenerse para dejarme vomitar. ya no son coágulos de sangre, estoy arrojando una inmundicia para mí desconocida. sé muy bien que no es la bilis, es una especie de líquido entre verdoso y blanco que me deja haciendo unas arcadas horribles. en este camión-jaula en el que me conducen no puedo ver sino con dificultad la carretera, el verdor de la vida que tanto he extrañado en estos días, en todo este tiempo. los ramalazos de aire se cuelan por las rendijas del camión y se me adentran en los pulmones. es la misma asfixia que cuando el monigote de la capucha y pantalón me pone las manos encima, cosa que ni mi madre, la pobre, jamás me hizo, si ella estuviera aquí... yo le diría: s.o.s a punto tres... repito, s.o.s a punto tres... me conducen a destino igual desconocido PUNTO es de mañana PUNTO camión-jaula matrícula OH02345 verde capota azul marino PUNTO cerca de dos horas de viaje lugar hacia donde se pone el sol PUNTO costa del mar aire suave y salobre PUNTO hombre joven al lado mío sin uniforme arma corta utensilios tortura de local anterior PUNTO hombres marciales y disciplinados PUNTO bidones de combustible agua sogas cámara de video PUNTO en espacio contiguo trasero hombre de edad avanzada repartiendo guantes a demás hombres PUNTO hombre joven interior camión-jaula cierra compartimiento donde estoy PUNTO quedo sin visibilidad PUNTO cambio FUERA

Píntate los labios, María...

M. María Montejo, este es tu cuento

Duerme o sueña como yo, y así se me parece a una virgen, como en las fotografías amarillentas, donde todavía luce con esplendor. Así como luce en las viejas fotos, igual aparece sobre el cromado de las revistas de moda. En el filme, en las fotos y las revistas el tiempo es un ruidoso tren al infinito, es un bicho que se lo come todo. En las fotos ya la mujer no vuela con tanta ligereza. Ahora vuela con un pan entre las manos. Bueno, tampoco es una mujer. Es una mancha sanguinolenta, que viene y va desde la calle estrecha al abismo. Ya despierto. La calle estrecha pudiera llamarse Paredes, con el número sesenta y siete, tan bueno para la lotería criolla, pues el puñal es un perfecto argumento para hacer veraz esta evocación. Una vez la soñé y después la vi con el delineado perfecto de su boca rojo-intenso, pero debe ser una alucinación más producida por *France Soir* o *Vanidades*, las cosas que le gustaba leer a mi madre. En aquella, María viste un chal de seda verde limón, como María

Rojo en las películas mexicanas. En *France Soir* todo es perfecto, por eso dejo a María en Clasificados y me remito al tiempo donde la veía pasar con su jaba, sus niños y su perrita salchicha. Será dulzón y cursi, pero en esa época María me pareció más salida de *France Soir* que de *Vanidades*, en ésta no se exponen al tostado de su piel. Parece cursi, pero María era bien torneada en las piernas, y ya tú sabes: guitarra, muñeca, pelo suelto y todas las confluencias que se hacen posible en torno a la palabra maravilla. Aun así, evocación mediante, atropello las palabras cuando suelto la revista de modas y no veo a María por la casa sino a esas mujeres canilludas y tetonas.

Hay una casa grande y espaciosa, desprovista de lujos. Está limpia de objetos, como un diván sin uso. Aún no me explico lo del pan en las manos. En un sueño, hace unos días la vi con el pan entre las piernas, y salían infinidad de rosquillas sobrevolando nuestras cabezas. Cuando ella se pone el pan entre las piernas, acudo al viejo truco de cruzar los dedos y estalla, en un ruido enorme, una polvareda de migajas de pan tostado. Algunas noches se aparece ella como en los recortes de mi abuelo, como en las pegatinas de mi abuelo en la pared: dicen TELE-RADIOLANDIA, oscuro esplendor, esplendor antiguo y olvidado por donde pasaran los mejores rostros, angelicales y virgíneas geografías de las mujeres que también son mi país.

Hubiera sido el último cuplé del Teatro Martí, junto a otros rostros olvidados de aquellas bailarinas, pretendiendo hacer de éste un baile nacional, y a mí no me pregunten, dice un hombre, en los portales del teatro, yo no sé nada de Alicia Rico, ni Blanquita Becerra. Dice y escupe. Balbucea otro entuerto de palabras y se guarda las colillas de cigarro en los bolsillos del abrigo. Me acerco a los camerinos, dice, meto los ojos y la nariz adentro y lo compruebo. Era un deporte nacional. Recortaban la mujer o el hombre deseados, y las engomaban al espejo. Y así, sentarse todas las noches antes del show. Ponerse el maquillaje y el fetiche recortado de la revista del corazón nos vigila todo el tiempo desde el cine-teatro Martí. Segundo piso, donde pasan las peores o mejores películas del mundo porque es un cine olvidado, un almacén sin uso. Es un palomar, los farolones metálicos desprenden el más intenso calor. De a poco él se arrima a un boquete cercano a la ventana. Frente al tragaluz, revisa una tripa fílmica. Más allá de la corbata de dos metros, va centrando los fotogramas. Los encuadra cerrando un ojo para alcanzar mayor precisión, sosteniéndolos entre los dedos índice y pulgar. Así quiere descubrir la vida: veinticuatro deseos por segundo, veinticuatro veces por sorpresa. En el primero, una mujer inclina un brazo hacia arriba y algunos mechones del cabello rizo logran un imperceptible cambio de posición. En el octavo fotograma el hombre se ha recostado al proyector izquierdo, sin notarlo recién pintado de rojo-mate. Continúa absorto pues la mujer ya tiene mayor inclinación y ha iniciado su caída. Pero eso no le importa, le interesa su vestido corto, de óvalos blancos y fondo crema. A través de las placas no debe ser sino un borrón oscuro, plomizo acaso por la Cruz de Malta que la ha golpeado tanto. El hombre ríe. Hace un alto y el filme pasa a una toma cada dos o tres minutos. Ríe. Le produce la sensación de ser dueño de algo, de alguien. Se rasca la barriga. Detiene la proyección entre sus dedos y detiene la vida. Ríe. Detiene las sorpresas. Ríe y se babea. Detiene la caída. Ya la mujer no cae. Deja de reír. Ella y el mazazo que la ha golpeado se quedan chorreando su dolor en el aire de aquel cuarto, oscuro taller de alquimista medieval. Han transcurrido los minutos y no puede sostenerse en pie, como hasta ahora, acerca una banqueta alta y recuesta el mentón a la boca de luz. Pone un ojo frente al otro cuadro fílmico. Escupe. La mujer lleva zapatos altos, color beige, sujetos adelante con una hebilla plateada. Igual a las mujeres felices y elegantes de *France Soir*, cae sin atuendos, sin objetos visibles, con el sencillo estorbo de un reloj, de pulsera de alambre dorado. Ya no escupe. Sonríe al descubrirle la limpieza de los brazos, la ligera elegancia de su sencillez. Siente la humedad en el brazo izquierdo, casi donde remata el hombro, se acerca la mano pegajosa a la nariz y descubre (SORPRESA EN EL FOTOGRAMA NUMERO NUEVE) el olor dulce de la sangre. Lo descubre y lo comprueba, está herido, pero no quiere interrumpir la proyección en cámara lenta. Con la mano izquierda, resignado y complacido, se frota la sangre por el rostro. Ríe. Se rasca. Escupe. Yo también me río.

Como el hombre del tragaluz, ya no es el rostro primoroso de una mujer sino un manchón sanguinolento con el cuerpo casi desplomado, pero detenido en el tiempo a veinticuatro veces por sorpresa. Qué vergüenza. Una mujer así no sale en *France Soir*. Yo nunca lo había visto, pero veo que a ella también la sangre le mana del rostro. El hombre ha acercado los ojos a los lentes y los lentes a la ventana llena de luz donde está el fotograma. Allí se afana buscando la maza o el objeto, pues hicieron blanco mortal en la mujer. Tiene el rollo a la mitad. Una tripa fílmica. Un rastrojo de placa que irá al tacho de basura. Que está en el tacho de basura, mas la mujer no vuela ni tiene el pan entre las piernas o las manos. Ahora se despeña. Cae lentamente. A pesar de la herida, el hombre ríe. Escupe. Yo también me río y me sorprendo un poco, pues subiendo a la sala de proyecciones, el hombre no reparó en la hoja del cuchillo que le lamía la barriga, y acto seguido, el cuello. Como el arte que lleva y cultiva toda mujer, fue discreta y llevaba oculta el arma mortal. Ya no se rasca la barriga. Escupe. No siente la cuchillada. Más tarde está extasiado ante el tragaluz. Admirado del parecido de la mujer del filme con la modelo de la revista de modas. No se percata del embarro hecho a las tijeras y los mandos del proyector izquierdo con la sangre, resecándosele en el rostro.

A mí se me pierde en la memoria y sólo acierto a recordarla así: una mujer en un filme, una modelo en una revista de modas, una mujer común y corriente. Ya no pasaba por Paredes. Además de ser una calle incómoda, se le hace intransitable con el cochecito de los niños, dos litros de leche y una jaba con viandas y mandados. La última vez parecía un adefesio, una mujer común y descuidada, con las greñas al aire y un tirante de la blusa descolgado sobre el brazo. Arrastraba el polvo de la calle con el corcho de las chancletas playeras, yendo a toda prisa, entre los que regresan a sus casas. Al dejar Paredes se sintió perseguida. Fue más allá de su intuición. Olió el sudor perfumado del hombre de la gorra de pelotero. Rubio. Bajito. Hombros anchos. Estuvieron rozándose las manos en medio del gentío. Al detenerse, para cruzar la calle, solitaria en esa esquina, sintió una de las tenazas del rubio en su frágil muñeca izquierda. La tenaza le cortaba el pulso, le partió el alambre dorado del reloj. Le sintió respirar. Las manotas le aprisionaron para siempre acaso. Un resuello sucio, profundo, apestoso a nicotina. Sintió su miembro duro debajo de la mezclilla tocando sus nalgas. Se sintió empujada. En la oscuridad se perdieron. En la oscuridad está.

Mirando los amarillentos despojos de una revista *Bohemia*, tomo los recortes con delicadeza de coleccionista. Antes había emplanado, en una raída cartulina, unas fotografías de Alicia Rico y Blanquita Becerra junto a dos fotos de María Rojo.

El hombre mira hacia fuera como si buscara la perdida efervescencia del Teatro Martí. Está nostálgico y deprimido. Se lamenta. Ya no es un teatro. Por obra y gracia de alguien se ha convertido en un simple cine de barrio. Un cine donde unas mujeres marchitas ven pasar la vida entre filmes sin exhibirse, pudriéndose en las maletas plásticas o de metal. Él la visita de vez en vez. La ayuda a limpiar el portal y los baños. Así pudo saber por qué se le parece tanto a María Rojo, la de la foto en la vieja cartulina. A mí también se me parece. Por eso va regularmente, cuando puede, como en estos días. Ha pasado a la sala de proyecciones y está revisando los fotogramas, pero hasta ahora la poca luz no lo deja ver y está tumbado en la alfombra como si fuera en el agua. Va por el fotograma doscientos treinta y cuatro. Tiene que marcharse. Pero quiere descubrirlo todo. Es un interrogatorio a la vieja usanza. En el otro fotograma, María dice al de las preguntas algo ininteligible. Le dice compañero, porque así lo exigen las reglas de comportamiento de los interrogados o detenidos. El compañero escupe. María disimula, aparta la vista. El compañero es alto, tiene bigote tupido. La chaqueta azul le acentúa la marcialidad y la autoridad, que no puede disimular ni con los jeans azules y las sandalias de cuero. Usted no sabe lo que es eso, dice María al que evidentemente es un compañero, un interrogador, un maldito policía que investiga la muerte de un abusador. Es un interrogador y no una persona cualquiera. Por asuntos de ética no puede decirle, señor, ni amigomío, de corrido, como ella hace con sus conocidos. Oficial, dígame oficial. Usted no sabe lo que es eso, dice ella. Toda la mañana con los muchachos, lavando sábanas meadas, y por la tarde, aquí, limpiando el cine, el orine de los espectadores. El hombre se amasa los testículos despacio por debajo de la mesa, mientras escucha la historia. Vuelve el rostro. Escupe. Vuelve el rostro. María se queja. Descarados, dice. Depravados, compañeros, unos depravados, los que vienen a los cines son unos pajizos. Mientras el compañero asiente, sin haber continuado el fastidio de las preguntas de rigor, María se estruja las lágrimas como si quisiera lavarse el rostro y la conciencia, pero sabe que no puede. De tan solo haber entrado en el juego del coleccionista, sabe que no puede. Se sabe sucia. Llora con más desconsuelo, apoyando la cabeza en el borde de la mesa. El compañero aprovecha y escupe. Ella lo siente botar el escupitajo en el piso y se siente más abandonada. Quizá por ello, en el fotograma cuatrocientos veintidós, la mujer está en el suelo, tumbada sobre el montón de sangre. Ha intentado incorporarse, pero las fuerzas le dicen no. Perdió los lujosos zapatos de *France Soir* y nadie puede escuchar sus gritos. Aquí nadie puede oírla. No hay sonido. Sus movimientos son más lentos. Cada vez son menos sorpresas por minuto, por segundo. La sangre le mana de un oído y la nariz. En vano intenta retener el líquido. Se siente en el umbral neblinoso de otra sala, ahora sí desconocida, vacía, y toda la mañana el ochenta y dos veintiuno ha estado insistiendo en la soledad del apartamento, hasta las diez, pe eme. María lo descuelga y dice, dime, (HAY UN SILENCIO LARGO) no jodas más, compadre, dime, tú eres hombre o qué coño... sí, está bien, pero esta vez y ya, dice María, prométemelo. Sí, hoy en la noche, pero, yo no quiero ponerme colorete, que te pasa, deja ese rollo de la boca pintá... María cuelga. Al volverse escucha otra vez el timbre telefónico y dice, sí. Y gracias, mi vieja, ahora mismo voy a buscar la leche. Sale María, y no sabe la ira conque la calle la va a recibir. Se entrega a la calle. No sabe María lo del rubio que la espera y se empecina… el manazas. Escupe. Ríe. Se rasca la entrepierna. La espera y se empecina, pues ella no se lustra los labios de rojo bermellón. ¿Ya ves? Tú no eres como María Rojo. Dice y escupe. ¡Tú no eres como ella y menos como Blanquita Becerra! ¡Qué va! ¡Hoy te jodiste! Te lo advertí. Ustedes las mujeres son como mulas ciegas. ¿Por qué no te pusiste los labios como la morena de pelo corto que vi en *France Soir*? Escupe. ¿Por qué no te pones los labios como la muchacha de las películas mexicanas, coño? Escupe otra vez. El rubio está totalmente jodido por las películas que ha visto y la lleva a empellones y la pone contra la tapia de chinas pelonas, esas piedras con que se va a golpear la cabeza en alguna ocasión. María procura zafarse bruscamente del brazo izquierdo, en tanto lo golpea en la cabeza con el contenido del bolso. El rubio no cede. La retiene por la muñeca, pero en el medio giro se golpea la cabeza desde el arco ciliar hasta la frente, escachándose contra la pared. Cae al suelo, aunque desde ahí alarga la mano, la toma por un tobillo hasta tirarla al piso. El hombre ríe otra vez, pero yo no puedo reírme con estas cosas que se me han ido de las manos.

Las últimas patadas ya no la hacen contorsionarse. Está inerme. La golpeó sin compasión con el bolso que contenía los dos litros de leche. Las dos botellas de vidrio se han estrellado en su cabeza, en el rostro. Ahora la sangre y la leche se le han juntado con la piel, tal como una vez le hiciera con la miel debajo de su lengua. Como la Magdalena, María pudiera estar llorando si no fuera por los golpes propinados por el empecinado coleccionista. El maniático la visitaba regularmente. Ríe y escupe regularmente. En el cine hay un fotograma. Ha permanecido olvidado en una gaveta. Ahí aparece un hombre en gesto genuflexo frente a una virgen, ahora sí de La Caridad, y también María como la mujer que yace exangüe en el callejón, lavándose con los primeros goterones de la lluvia descomunal que está cayendo. En el filme *El derecho de nacer* hay otros fotogramas parecidos al anterior: Albertico Limonta mira hacia un rincón y de reojo ve a la Virgen de La Caridad del Cobre. En ese fotograma no le pide a la Virgen con tanto esmero como lo hiciera el rubio de trabado corpachón para que nuestra común y descuidada María saliera esa noche al mercado a buscar leche, al callejón donde él mismo estará roto como un muñeco de trapo, a tres metros de María, pues otro golpe inesperado y desconocido lo derribó. Yo me río, pero no me preocupo mucho, pues no está manando tanta sangre como el hombre derribado en el diván de proyecciones, con los dos kilómetros de cinta fílmica dispersos por la sala. Lo que me inquieta es que ya María no se anima a levantarse. No lo hace tampoco la actriz del vestido de óvalos blancos. El rubio se ha volcado bocabajo y coloca el brazo izquierdo como almohada pues no puede reponerse. Todavía tiene esperanzas de recuperar fuerzas y caer otra vez sobre María, escupir y reírse al mismo tiempo de María. María se parece ahora a la protagonista del filme interrumpido en el diván. Su cuerpo inanimado y la sangre del rostro son la mancha oscura de los fotogramas. Si pudiera darle marcha atrás al filme o a la vida, María hubiera querido ponerse todo el rojo del mundo sobre la boca gruesa, evitar así la golpiza del maniático de las pegatinas en la pared. Hubiera querido decirle estúpido, pero termina recordando a los niños. Solos en el apartamento. Con hambre, y tanta leche acá, derramada sobre los adoquines. Eso piensa María. Sólo piensa. No puede articular palabra alguna. A la primera de sus intenciones, las fuerzas vuelven a decirle no. Ya no hay marcha atrás. La vida no vuelve como el ruidoso tren, ese cacharro espantoso, apareciendo en nuestras vidas, llevándose el tiempo al infinito. El filme no puede repetirse. Martes, diez pe eme. Hoy es el día en que recogen las maletas plásticas con las cintas del cinematógrafo para llevarlas al almacén central y reponerlas por otras para alegrarnos o no la vida en el cine local. Hoy no van a recogerlas. No las recogerían nunca cuando vieran esto. El hombre ha manchado el verde de la alfombra con su sangre, con la sangre de la puñalada, venida sabe Dios de cuál mano, o de qué sueño, de qué idea. Acaso de las mismas que derribaron al rubio del callejón, cerca de María. El filme no vuelve atrás pues ya no hay fuerzas ni anhelos en el hombre, que ha estado en el boquete de luz y lo ha visto todo. Lo ha visto todo y lo sabe casi todo, está exánime, herido de muerte. Lo sabe ahora casi todo, menos esa punzada intensa. El dolor comenzó por el abdomen. La navaja le lamió el cuello y las arterias. No puede articular palabra. Piensa en la actriz del filme, tumbada y moribunda. Sin zapatos ya no es como la modelo de *France Soir*. Le sentaban mejor los altos zapatos color beige con hebillas plateadas. Tampoco le sienta a esta actriz, no los labios, sino toda la cara roja por la sangre. En el callejón, el rubio se incorpora un poco. Escupe con odio. Escupe y odia. También se mueve el hombre del diván, más lento, pero se mueve bajo el tragaluz. Como marionetas, parecen movidos por un extraño hilo de sangre, todos, al mismo tiempo. Ahora me río con más razón y menos remordimiento. ¿Ya ves, María? ¿Ya tú ves? Uno de los dos está sujetándose del muro o del proyector. La sala o el callejón le parecen una inmensa isla cubierta por la niebla del sueño y de la vida que se van, pues los dos son un mismo hombre y guiñapo a la vez. Cuando la vida o el sueño se van alguien ríe y escupe con la misma resignación, y tú y yo estamos escuchándole decir, antes de caer o despertar definitivamente: píntate los labios, mi amor...

amanece o no amanece, porque si ahorita había un sol que rajaba las piedras entonces por qué ahora todo está más oscuro que callejón de barrio, se ha detenido la jaula, como si se estuviera deteniendo la vida... y uno ahí, como si fuéramos a durar toda una eternidad, pero, qué puedo hacer si ya están bajándome del camión, y no me siento la pierna entumecida como yo pensaba, en verdad no me siento la pierna, tampoco siento ese frío que dicen sentir los que dicen sentir miedo, o yo misma que he sentido miedo y antes de cagarme (literalmente) me he orinado, no tengo frío, es decir, no tengo miedo, pero me disgusta estar así, de espaldas a todo, de espaldas a todos, y ellos ahí, cuchicheando, en planes de terminar, eso sí, una sabe cuando las cosas están llegando a su fin porque ya casi no los conozco, tanto tiempo oliéndonos el culo, diciéndonos cosas tan horribles, casi he llegado a sentirme parte de ese grupo aunque hayan estado todo el tiempo buscando la manera de partirme la vida, de hacer de mí este rastrojo humano que ahora tienen delante, de todos al que más extraño es al que me hacía las palomitas de papel, no lo trajeron en el camión, con él he podido enviar hacia fuera todo lo que se me va ocurriendo, todo lo que ha querido escribir, me hizo flores de papel periódico, dos mariposas de papel craft, un día me hizo un barquito y me recordó mi infancia, pero en vez de regalármelo, lo puso sobre la mesa de los utensilios de tortura, me abrió la blusa, manoseó mis pechos, los humedeció con la saliva de su lengua y de la mía (intenté escupirlo), se alejó un poco y comenzó a masturbarse, cuando estaba terminando echó aquella cosa blanca y pegajosa en el barquito de papel, cochino, después me lo pasaba, como navegando, por la pierna, con tanto ajetreo no sé cómo logró no derramar ni una gota encima de la mesa ni de mí, sentí el olor dulzón y agrio de aquel barco y recordé no sé bien a cuánta gente...

están de espaldas casi todos. comen con deseos. otros fuman. beben en pomos plásticos. hay uno que fuma con desespero. tiene una soga en la mano. está desesperado. de vez en vez cambia la soga de una mano a otra. el que parece ser el jefe está más apartado. sin que nadie me lo exija me dejo caer de lado, pero no puedo sostenerme sobre una sola rodilla y me tumbo. ya no los escucho. cierro los ojos y es como si se hubieran llevado la luz nuevamente.

Nené traviesa

Para mí la noche no ha sido más que una pila de ruidos. Mi papá dice que soy una berraca. Sucia. Mongólica. Lo único que siento son ruidos. Riiir. Riiir. Riiir. Grillos. Suenan toda la noche. El único recuerdo mío de cuando niña son ellos. Anochecía. Me acostaba. Me emburujaba con la sábana. Cabeza y todo. Fui, fua. Como si hubiera rezado. Qué Padrenuestro, ni qué coño, si yo tenía un miedo que me cagaba. Me orinaba. ¿Te orinaste otra vez? Me decía mi papá. ¿Te orinaste otra vez? Cabrona. Negra cabeza de clavo. Berraca. Puerca. Sucia. Tú verás. Toma. Negrita choncholí. Con un palo. Toma. Toma. Coge. Agarra. Toma. Mi papá se entretenía dándome con el palo en la cabeza hasta que yo le decía, ya no me des más. ¿Ya? Sí, chico. Ya no me des más. ¿Tú no me querías ver chorreando sangre? Sí, mi hija. Pues ya. Pero, ven acá, chica... ven acá, ven acá, ven acá, ¿de dónde es esa sangre? ¿de la cabeza o de allá abajo? Ah, viejo, y eso qué importa. ¿Que qué importa?, tú verás ahora. Y entonces venía la otra mano de palos. Pero de eso casi no me acuerdo. Yo me tapaba cabeza y todo y hacía como si rezara. Fui, fua. Hacía una cruz y movía los labios. Yo creo que Dios me oía, porque cuando amanecía, ni me dolía la cabeza ni tenía sangre ni encontraba el palo conque me habían dado aquella tunda.

Cuando amanecía, solamente veía a mi papá con la cabeza tumbada sobre la mesa y la botella vacía. Mi papá tenía peste a rayos en la boca. Lo único que tomaba era alcohol de bodega. Entonces me daba cuenta de que mi papá no me daba esos golpes ni un carajo. Después les cogí odio a los grillos. Creo que por culpa de los grillos yo soñaba toda esa guanajería. Pero, qué faina yo era. Mira que pensar que mi papá me iba a dar esa mano de palos. Por eso le tengo tanto odio a los grillos. Un día me puse y cacé cuarentipico de grillos. Los agrupé de cinco en cinco. A los primeros, les amarré las paticas. Los puse en una caja de fósforos. Y les di candela. Parecían chicharroncitos. Qué mierda chicharroncitos, parecían bichitos de la luz. Después cogí dos bulticos de a cinco y les eché un poquito de azúcar y unas migajitas de paniqueque. Y... Al ataqueeeeeee... ¡Fuera!, se los comieron las hormigas. Oye, lo bien que las hormigas se comen a los grillos. Primero se llevan las paticas. Luego le destripan los ojos y la cabeza, y así hasta que se lo van llevando todo. Como yo vi que se los comían tan bien, probé uno. Mal rayo me parta. Sabía a demonio vivo. Aunque, ¿tú sabes qué...?, el primero casi nada, el otro más o menos. Y el otro. Y el otro. Y terminé comiendo grillos. Desde entonces me daba una hartera de grillos que para qué me iba a preocupar por comer en el día si por la noche me la iba a desquitar. Sí, pero mierda. Pasé un hambre del carajo. Por la noche me encuevaba. En los primeros días metía la cabeza debajo de la almohada. Si mi papá llegaba temprano, me decía, ¿qué tú tienes? ¿Yo? Nada. Saca la cabeza de ahí, muchacha de porra. Te vas a ahogar. Sal de ahí, ahora mismo. Y yo. Ya la saqué. ¿Así? Sí, así. Berraca. Cabeza de yaqui. ¡Habráse visto qué gente para estar jodía de la cabeza! Esto es el colmo. Y de ahí se pegaba a meter ron. Y mete ron. Y mete ron. Eso era el día de pago. Después lo único que hacía era beber alcohol de bodega. Una botella de alcohol. Un jarrito de leche. Media tapa de limón. Un colador y... una gotica. Dos goticas. Tres goticas. Seiscientas goticas. En el primer vaso lleno, se daba un fuacatazo. Se le ponían los ojos como dos ruedas de longaniza. Yo creo que le llegaba al culo. Cuando se daba el otro trancazo de alcohol, decía ahhhahhh, y se ponía a cantar no me olvides, Lupita, acuérdate de mí. Qué risa me daba. Qué tipo más cheo. Cantaba como una chiva berreando.

Al caer la noche yo creía que me iba a dormir, la otra pila de grillos entraba a trabajar. Los primeros, los que hacían biiir, biiir, biiir, se iban, parece que se les cansaba la bemba de hacer así y venían los otros que eran menos, pero hacían fuiii, fuiii, fuiii, y como era tarde, yo sabía que a mi papá no le quedaba alcohol y estaba borracho, no me iba a decir nada. Yo me metía debajo de la colchoneta de saco. Pa su escopeta, qué clase de calor. No es que yo creyera en Dios ni en un caballo blanco, pero volvía a hacer la cruz. Fui, Fua. Fui, Fua. Fui, Fua. Movía los labios un ratico como si fuera a decir el Avemaría. Después Fui, Fua. Fui, Fua. Fui, Fua. Y después movía los labios como si fuera el Padrenuestro. Casi siempre se me quitaba el calor. Desde que me metía debajo de la colchoneta de saco, se me quitaba el calor. Después de eso casi no sentía los grillos, y si los sentía, como eran poquita cosa, yo los dejaba que gritaran un ratico. Pobrecitos. Yo creo que los grillos no eran tan malos. Lo que pasa es que a mí me jodía estar desvelada toda la noche como una guanaja. A veces, si me dormía era peor porque empezaba a soñar. Siempre soñaba con mi papá. Yo salía por un camino largo como una cinta. Durante el camino había carteles que decían NENE TRAVIESA. NEGRA CABEZA DE CLAVO. BURRA. GUANAJA. MONGÓLICA. BERRACA. Y yo creo que Dios me oía o me veía, porque yo nada más que hacía como si fuera a hacer el fui, fua de la cruz y era como si se fuera la luz. Se apagaba la luz. A la mierda, se llevaron la luz. Qué jodedera, caballeros, no dejan a una ni soñar tranquila. Eso yo lo decía bajito y enseguida volvía la luz. Entonces yo iba como por un cocal. Eran matas de coco lindas, gordas, altas, pero en lo alto en vez de cocos, estaban los condenados cartelitos, con una letra más chiquita. Yo los leía con trabajo, pero se entendían. PAPÁ NO ME DES

CON EL PALO EN LA CABEZA. PAPÁ NO ME DES CON EL PALO EN LA CABEZA. PAPÁ NO ME DES CON EL PALO EN LA CABEZA. Como eran tantas matas de coco, yo agarraba a correr. Correquetecorre. Correquetecorre. Me halaba las greñas de pelo. Escupía. Me mordía los brazos. Berreaba como una chiva. Y cuando ya casi no podía botar el aire ni por la boca ni por la nariz, se me iba la luz. Válgame eso, me desmayaba. Si no un día me hubiera ahogado. Menos mal que me llevaban la luz. A veces yo misma me salía del sueño. Me salía de abajo de la colchoneta de saco. Me bajaba de la cama. Meaba en el piso. No salía al patio ni muerta. Le tenía miedo al cuco. Al coco. Al negro Jacinto. A Cobiella, el guarapito. A Salabarrio. A la taconúa. A Barranquilla, el tipo sin cabeza que se paseaba por el terraplén de Marciano y Siguanea en un caballo blanco. Le tenía miedo, coño, a todo el mundo. Meaba. Me subía el blúmer (si podía) y... Los fósforos. Cuchuplúm. A encuevarme otra vez. Ahí venían los grillos. Los dos grupitos. Los que hacían Riiir, Riiir, y Biiir, Birrr y los otros, pobrecitos que nada más hacían Fuiii, Fuiii, como si nada más que tuvieran una flautica chiquitica. Óyeme, me daba una rabia toda aquella bichería junta. Fíjate que ni con el Fui, Fua de la cruz, ni moviendo la boca. Ni a palos. Cuando yo me orinaba en el piso o la cama, Dios ni aparecía ni se llevaba la luz. Y ahí la bichería a meter la bulla y bulla y bulla. Yo cogía un subío como una mula ciega y decía bichos de mierda, (pero gritando) váyanse a joder a casa de la madre que los parió. Lo decía bien gritado y se iban. Pero mi papá se despertaba y si no encontraba la tranca de la puerta o una estaca, cogía una correa con una hebilla grandota. Se acercaba a la cama. Tosía. Escupía. Se acercaba. Cuando yo lo sentía cerca, el corazón me hacía túcutu túcutu túcutu. Se acercaba más y metía las cutaras en el charquito de meao. Ahí mismo se le olvidaba que yo había estado gritando. Me decía, ¿te measte de nuevo? Ahora prepárate. Berraquita. Puerquita. Nuevita. Asquerosita. A ver, coge. Cuando me daba los primeros correazos, me volvía a mear. Si se cansaba de darme correazos, viraba la correa. Le daba vueltas como si fuera a enlazar a una ternera. Le daba vueltas al brazo. A la una. A las dos.

Y... Fuácata. Si la hebilla me daba en la cabeza, yo me cagaba. Yo decía, coño, papá, qué peste a mierda. Mira eso, qué mosquero. Arriba, moscas, váyanse al cipote, fuera, fuera. Había tanta peste que mi papá se iba, se le olvidaba lo de la paliza y que me había partido la cabeza. Si se le olvidaba, yo le decía, voy a salir a ponerme un trapo en la cabeza. Mira para eso, qué furaco me has hecho en el cráneo. Me paraba y empezaba a botar sangre del hoyo de la cabeza. Se me iba la luz. Las moscas se iban. Parece que le tenían miedo a la oscuridad. Hacía así y..., paticas pa qué te quiero, se formaba un huéleme el peo con el miedo de las moscas, que yo empezaba a reírme y a reírme, y a reírme. Se iba la luz, se iban las moscas. Volvía la luz.

A veces el sueño era mejor. Si no era de tanto trajín, yo me quitaba la colchoneta de arriba, me tapaba con la sábana sola. Mi papá venía y me volvía a decir un montón de cosas. Lo mismo. Guanaja. Zoqueta. Tarambana. Alcornoque. Arranca ahora mismo a buscarme lo mío. Dale, tumba de aquí antes de que me encabrone y te parta para arriba. Sal. Cabeza de yaqui. Te voy a despellejar a cutarazos, a golpes, te voy a dar patadas por dondequiera. Me tiraba una botella. Yo me apartaba. Con las dos manos, dos botellas. Era malísimo tirando botellas, no me daba ni a dos metros. Ocho botellas. Mi papá se volvía un pulpo. Me tiraba ocho botellas vacías y no me daba. Como no quería seguir jodiéndolo, me iba a buscarle lo suyo. Me metía en la primera librería que me topara. Buenos días, pero qué niña más educada, ¿qué desea esta niñita?, así me decía la señora que vendía los libros. Si yo estaba de buena, le decía no, si yo no tengo dinero, yo nada más quiero mirar. Y miraba. Miraba. Me metía entre la gente. Caminaba. Daba salticos. Y yo creo que hasta volaba. La librera me decía, bájate de ahí, corazoncito, te vas a partir un hueso. Bájate, anda. Y yo me bajaba. Cuando no me estaban mirando, me metía dos libros en el blúmer. Uno por delante y otro por detrás, y me volvía a bajar la blusa y echaba a correr para la casa. Ponía los libros en la mesa, donde estaban las botellas vacías. Mi papá miraba los libros. Leía lo que decían delante. Escarranchaba los ojos. Si no eran los que él quería, volvía a decirme come bola o tracatana, ocho o nueve veces. Y le preguntaba, ¿por qué no te gustan éstos? Esos no sirven. No, no. Ven acá, para que aprendas. Cogía los dos libros, uno arriba del otro, y me hacía... bímbata. Me los encasquetaba en la cabeza. Zonza. Dale. Arranca y trae los que sirven. Tienen colores afuera. Florecitas. Pececitos. Mariposítas. Palmitas. Piérdete, que te voy a arrancar el pellejo. Yo me iba. Pero escuchaba cómo se quedaba maldiciendo. Bruta de mierda. Burra, si supiera leer, comeríamos mejor. Yo salía a correr. Calle arriba. Calle abajo. Ahaaaaaaaa. Como una ambulancia. Me metía en una librería. Uno. Dos. Tres libros. Calle arriba. Calle abajo. La puerta de mi casa. A ver. Este sí, éste es de peces tropicales. Este no, yo oía cómo decía este es de Faulkner. La tuya por si acaso. Hemingway. La tuya, papá. A ver, mi hija. Este sí, es de muebles coloniales, anjá. Dale, piérdete. Yo le decía. ¿Ah, sí?, tú verás ahora, cabrón. En sus marcas, listos, fuera. El gato que tumbó la olla. Cogía por aquí. Por allá. Tres libros. Siete libros. Quince libros en el día. Y él me decía, a ver, ponlos todos en el piso. Una filita de libros, que voy a revisar si trabajaste bien. Tú procura, si no te los voy a meter por las orejas, dos libros. Por los ojos, dos libros. Por el culito, un librito enrolladito, enrolladito. A ver. A ver. Cuando él empezaba a dar paseítos y a decir a ver, a ver, yo medio que me viraba y movía los labios como si fuera el Padrenuestro, como en la película de las monjas. Y, uno. Los volvía a mover, y... dos. Y después hacía fui, fua como si fuera la cruz, ¿tú puedes creer que nada más le daba con el pie a dos o tres libros? Ufff. Qué alivio. Muchachita. Te salvaste, vaya. Estás de suerte. Yo me quedaba como una vela. Caliente, pero fría. Blanca. Muda. Tiesa como un poste de la luz. Cuando yo veía que él recogía los libros, los metía en un bolso y se iba, era que yo descruzaba los dedos. Si él se iba y no me arreaba ni un pellizco, yo me tiraba en un balance a descansar. Era como si me hubieran dado una tunda de palos. Qué sueño más malo, más largo. Me daba balance, aunque se descuajeringara. Me balanceaba, rácata... rácata... rácata. Una tarde entera dándome balance. Un día y una noche. Un mes. Un año. Si mi papá vendía los libros, venía como a los tres años. Ya estaba descansada. El ponía las jabas en la mesa y me decía, levántate, haragana. Traje comida. Traía chorizo Miño, queso Parmesano, arroz Jon Chí, pan de Caracas, jalea de guayaba, harina lacteada, leche en polvo (pero de latica), bacalao, arenque, turrón de Gijona. Tres o cuatro botellas, él decía, el ron del enemigo, una botella grandota. Cuando se metía dos tragos, cogía una peste a aserrín del carajo. Ese día sí comíamos bien. Me dormía y ni oía a los grillos ni tenía que hacer las murumacas de las monjas. Pegaba a roncar hasta el otro día. Un trozo de queso, fua. A la boca. Un pedazo de chorizo, fua. A la boca. Leche. Harina. Fua. Fua. Y a veces, así mismo me volvían a llevar la luz.

Un día me llevaron la luz y no veía nada. Puse los brazos delante, como los ciegos. Pum. Un trastazo a una silla. Sigue, sigue, negrita. Pum. Sonaron unos platos en el piso. Pero, señores, ¿no van a traer la luz? Pum. Un florero. Pum. Unas botellas vacías. Sigue, sigue, negrita. Y zas. La luz. ¿Qué coño es esto? Qué clase pila de libros. Montones de libros. Pero con todos los libros que yo he robado se puede volver a llenar este cuarto. Ahí mismo la luz se hizo más fuerte. Más clara. Veía mejor. Como para que viera bien. Y me dije, a ver. Este no. Este grandón. Qué panzudo. Casi me aplasta. Cuidado, Nené. Cuidado negrita loca, si tu papá te agarra... Mal rayo te escupa el güiro. El carro de la peste. El último la mierda. A correr si viene tu papá. Pero cuidado, cuidado si te cae este libraco encima. Así está bien. Ahí mismo pegué a decir sanacadas. ¿Quién es este guanajo del bigote que le está dando palos a esa niña? A ver, grandulón. Zas. Zas. Fuera página. Tris. Tras. Adiós página. Adiós golpiza. Bueno, sigamos. A ver. Este que está haciendo cochinadas con una puerca. Ah, no. Espérate, marrano. Tú verás. Dame acá una tijera. Fuácata. Al carajo esas páginas. Bueno, ¿y éste?, ¿ah, sí? Guárdate eso, cochino. ¿Y en la otra página? Pero, miren para allá. La verdad es que esta gente no sirve. Miren que ponerse todas esas mujeres en cuero a reírse y estarse tocando unas a otras. No. Qué va, este libro no sirve. Déjame coger los fósforos. Un poquito de alcohol. Ahora: ¡fueeegooo!

Cuando vi la candela aquella me paré. Cuando me paré, eché tres pasitos hacia atrás y... ¡Ay, coño! Mi papá. El papazote. El papón. El papote. No sabía para dónde coger. Casi me cago, pero no me cagué. Se me amarraron las patas. Era un hielo. Una momia. Qué guanaja, en vez de salir corriendo y gritar. Él vio el libro ardiendo, con aquella gente en cueros, retorciéndose, quemándose, haciéndose carbón, cenizas, dejando de hacer las cochinadas aquellas. Se enfureció. Alzó la tranca, el pedazo de madera de siempre con los dos brazos. Alto, bien alto. Yo le dije, más alto papá, alto, alto, como un pino y que no pese ni un comino, sube más, más... y la descargó en mi cabeza.

Al parecer han pasado unos cuantos años. Ya mi papá no está en ningún lugar. Mira que ponerse bravo por esa bobería. Yo sigo en el mismo sitio, pero acostada. Después que me dio el palo en la cabeza, me toqué abajo y no me había orinado. Me toqué atrás, y ni mojado ni con peste. Es extraño que no haya moscas aquí. Es el mismo sitio, pero no he sentido más los grillos. Ya no suenan. Estoy en el piso, pero es una esponja de tan blandito y rico. Es como si flotara. No me duele la cabeza, por eso ya no odio a los grillos ni a mi papá. Pobrecito. Qué bobo. Mira que asustarse por esta bobería. Aquí en este lugar no se siente nada.

no pudieron llevarse mis palabras como no han de hacerlo con ese extraño animal y esa luz tan blanca que se posan de noche en la ventana de la celda.

Índice

Últimos títulos publicados por *Casa Vacía*

LUIS CARLOS AYARZA
Escrito a pluma
(diario)

ANTHONY HOBSON
Cyril Connolly como coleccionista de libros
(memorias)

ROMÁN ANTOPOLSKY
Alegorías de lejos
(cuento, poesía)

ROLANDO JORGE
Obstrucciones
(poesía)

IDALIA MOREJÓN
Una artista del hombre
(novela-poema)

ATILIO CABALLERO
Franjas
(narrativa, testimonio, crónica)

ROLANDO SÁNCHEZ MEJÍAS
La condición totalitaria
(ensayo)

DANIEL DUARTE DE LA VEGA
Dársenas
(poesía)

ROBERTO MADRIGAL
Diletante sin causa
(crónica, artículos)

René Rubí Cordoví
Todos los rostros del pez
(poesía)

José Prats Sariol
Erótica
(cuento)

Javier Marimón
Témpanos
(poesía)

Nelson Llanes
El suplicio de los gatos
(cuento)

Enrico Mario Santí
El peregrino de la bodega oscura y otros ensayos
(ensayo)

Carlos A. Díaz Barrios
La carne del cielo
(poesía)

Duanel Díaz Infante (Ed.)
Todos somos uno. Los artículos de Leopoldo Ávila
(ensayo)

Ángel Pérez
Las malas palabras
(ensayo)

María Cristina Fernández
Miracle Mile
(poesía)

CPSIA information can be obtained
at www.ICGtesting.com
Printed in the USA
LVHW031321020721
691743LV00002B/238

9 781006 976964